シロクマが家に やってきた！

マリア・ファラー 作　ダニエル・リエリー 絵　杉本詠美 訳

This translation is published by arrangement with Oxford University Press, Oxford
through Tuttle-Mori Agency, Inc., Tokyo.

ミスターP《ピー》が友だちとして最高《さいこう》な五つの理由

❶とっても友だち思い。

❷問題をかいけつするのが、すごくうまい。

――人間の言葉がしゃべれないのに、それができるんだから、
ほんとにすごいよね！

❸ぎゅうっと、だきしめてくれる。

――毛がちくちくするし、力が入りすぎて、ちょっと苦しいこともあるけど、
ほんものの「クマさんだっこ」は、最高《さいこう》に気持ちいいんだ！

❹リフティングが三十九回もできる！

――きみは何回できる？

❺とってもおもしろくて、いつでも笑《わら》わせてくれる。

――「最高《さいこう》の友だち」に必要《ひつよう》なのは、けっきょく、そういうことだよね。

もくじ

1　バタン！

また「自分の部屋に行ってろ」って、いわれた。

今日はいい日になるはずだったのに、いやな日になって、弟が落ちつくまで、ぼくは2階でじっとしてなきゃならない。いつものことだけど、バクハツしたのはリアム。これもいつものことだけど、2階に追いはらわれるのは、ぼく。ぼくの意見では、これは100パーセント不公平《ふこうへい》だ。2階にいつまでもひとりでいると、お父さんもお母さんも、ぼくがいるのをわすれちゃったんじゃないか、と思うことがある。

一度でいいから、ふつうに一日をすごしたい。ふつうの家族と。ふつうの弟と。


アーサーはそのページを、いらいらと、えんぴつの先でついて、時計を見た。あと十分……。

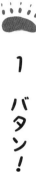

いますぐリアムのパニックが、おさまってほしい。でないと、テレビのサッカーちゅうけいがはじまってしまう。準決勝《じゅんけっしょう》なんだ。1秒だって見のがすことになったら、ぼくはもう、家族とえんを切ってやる。**ぜったい**に。

アーサーは、「ぜったい」という文字の横に、三本線をひいて、日記をとじた。この日記ちょうは、ときどきうちに来て、リアムのことをいろいろ手つだってくれる女の人から、今週もらったものだ。その人は、この日記にはどんなことを書いてもいいし、だれも書いてあることを読んだりしない、と約束《やくそく》してくれた。ほんとにそうだといいな、とアーサーは思った。自分が頭の中で考えてることは、だれにも知られたくなかったから。

アーサーは、時計の秒針《びょうしん》の動きを、じっと見つめた。サッカーのちゅうけいがはじまるまで、

あと五分……　あと四分……　あと三分……

アーサーは、お気に入りのチームがピッチに出てくるところを、思いうかべた。試合《しあい》開始のホイッスルが鳴るまで、あと二分しかない。

「アーサー」

かいだんの下から、お母さんの声がした。

「もう、おりてきていいわよ。サッカーがはじまるわ」

「リアムも見るの？」アーサーは、きいた。

「見るに決まってるでしょ」

アーサーは「あぁぁ」と、うめき声をもらした。それから、日記をだれにも見つからない、ひみつのかくし場所にしまうと、かいだんをかけおり、最後《さいご》の五だんを一気にとびおりた。リアムはもう、テレビの前にすわっている。近づきすぎて、画面に鼻がくっつきそうだ。リアムは、鼻歌をうたっている。こうふんすると、いつも鼻歌をうたうんだ。それでいいときもあるけど、よくないときのほうが、ずっと多い。

「おい、リアム！」

アーサーは、リアムの頭でかくれた画面をなんとか見ようと、いすを動かした。

「ちょっとよってくれよ！　ぜんぜん見えないじゃんか！」

リアムは知らんぷりで、さっきより大きく、鼻歌をうたいだした。アーサーはお母さんがまだ台所にいるのをたしかめると、リモコンの音量《おんりょう》ボタンをおした。少しずつ、部屋の中に音があふれてくる。

　サポーターの歌声、手びょうし、おうえんの声。大きく、もっと大きく。

スタジアムのこうふんが、つたわってくる。

アナウンサーがいった。

「おもしろサッカー写真コンテストのしめきりまで、あと六日です。優勝賞品《ゆうしょうしょうひん》は、カップ戦《せん》決勝のチケット三まい」

アーサーは、ため息をついた。決勝戦《けっしょうせん》のチケットが手に入るなら、なんでもしたいくらいだ。カップ戦《せん》の決勝で地元チームがプレーするのを見にいくのが、アーサーのゆめだけど、お父さんたちはぜったい、ゆるしてくれないだろう。リアムに不公平《ふこうへい》だっていうに決まっている。いっしょにサッカーを見にいける弟がいたらいいのに。それは、世の中でいちばんすてきなことのように思える。でも、リアムはそういう弟じゃない。リアムは、サッカーは大好《だいす》きだけど、知らない場所や、人ごみや、大きな音が、大きらいなんだ。アーサーはもう、うんざりだった。

アーサーは、もう少しだけ、音量《おんりょう》を上げた。そのときだ。

かん声がとどろき、はくしゅが鳴りひびいた。

選手《せんしゅ》たちが、ピッチに出てきたんだ。リアムは、両手で耳をふさぎ、体を前後にゆすりながら、テレビの音をかき消そうとするように、大きな声でうめきはじめた。お母さんがとんできて、アーサーからリモコンをとりあげた。

「何やってんの、アーサー！」

お母さんは、声をひそめてしかりつけると、リモコンをテレビに向け、音が完全《かんぜん》に消えるまで、音量《おんりょう》ボタンをおしつづけた。

「あなただって、リアムがまたパニックを起こすのは、いやでしょう？」

「でも、音なしでサッカーを見るなんて、やだよ。**いつでも**音なしでテレビ見なきゃならなくて、ぜんぜんおもしろくないよ」

「おもしろいわよ。たいしてちがいは、ないでしょう。何がどうなってるかは、見ればわかるんだから」

「それは、**見えれば**の話でしょ」

アーサーは、いいかえした。

「だけど、リアムがテレビのまん前に、すわってるんだ。それに、どっちにしたって、何がどうなってるのか、耳でもききたいよ。ずーっとリアムの鼻歌をきいてるなんて、いやだ。実況《じっきょう》をちゃんとききたい」

お母さんはしゃがんで、アーサーの両手をとった。

「お願《ねが》いよ、アーサー。リアムの身になって、考えてあげて」

アーサーは、お母さんからリモコンをとりかえそうとした。

「ぼくはいつだって、リアムの身になって考えなきゃならない。じゃ、**ぼく**の身には、だれがなってくれるの？」

「やめて！　もうたくさん」

お母さんが、しかりつけた。

リアムが泣《な》きだし、お母さんは、てんじょうをあおいで、ため息をついた。

「いいわ。だったら、今日は、だれもサッカーを見ないことにしましょ」

お母さんはテレビを切ると、部屋を出て、庭のほうに行ってしまった。

あんまりだ。アーサーは、リアムをどなりつけた。

「おまえのせいだからな。
お父さんとお母さんに、いっといてよ。
ぼくはもう、がまんできないから、
この家を出て、二度と帰ってこないって」

リアムは両手で耳をふさいだ。泣《な》き声が、いっそう大きくなる。

アーサーは、部屋にかけもどると、ベッドの下からサバイバル・キットの入ったかんをひっぱりだし、幸運のクリスタルをポケットにつっこんだ。それから、ダダダッと、かいだんをおりると、げんかんのドアをいきおいよくあけた。そして、げんかん前に立っていた、まっ白いクマのわきをすりぬけて、通りにとびだし、全速力で走りだした。

アーサーは、家からも、弟からも、ばかな両親からも、できるだけ遠くに行きたいと思った。白いクマがいようが、何がいようが、関係《かんけい》ない。

いや、ちょっと待った！　なんだって？

ストーーーップ！

急ブレーキをかけたせいで、道の上に、スニーカーがこすれたあとがついた。

いま、シロクマがいた？　うちのげんかんに？　ゆめでも見たのかな？　ゆめかどうか、たしかめようと、アーサーは自分で自分の足をふんでみた。いてっ！　そうだよ、シロクマだ。まちがいない！　げんかんの前にいた！　すごいぞ！　ワオッ！

アーサーは、まよった。このまま走っていきたい。でも、もどって、たしかめたい気もする。きけんなクマかもしれない。いまごろ、家族がおそわれているかも。ほうっておいて、いいんだろうか？　アーサーはちょっと考え、やっぱりほっとけないと思った。いくらうっとうしくたって、自分の家族がシロクマに食べられるのは、いやだ。家出するのは、あとでもいいかもしれない。いまは、もどるほうが、だいじだ。アーサーは、くるっと向きを変《か》えた。すると――。

「うわあああああ！」

「ガルルルルルル！」

目の前に、シロクマがいた。冷《つめ》たい息が、アーサーの顔にかかる。ぴかぴかの鼻や、まっ黒な目、大きなかぎづめまで、はっきり見えるほど近い。クマが、さらに一歩、前に出た。

「うわあああああ！」

アーサーは、また悲鳴をあげ、両手をばたばたさせた。

シロクマは、うしろ足で立ちあがり、アーサーのまねをして、毛の生えた大きな前足を、ぱたぱたふった。

これはまずい。すごくまずい。いままでにあったよくないことのどれとくらべても、

二倍も、三倍も、四倍も、まずい。

アーサーは、くちびるをぎゅっとかんで、悲鳴をこらえた。

こんなときに役にたつものが、サバイバル・キットの中になかったっけ？　つりばりとつり糸は？　耳せんは？　火おこしセットは？　火があればきっと、シロクマはこわがってにげる。でも、小枝《こえだ》も草もないのに、どうやって火をおこす？

アーサーは、石のようにかたまったまま、動くことができなかった。

クマも、石のようにじっとしている。アーサーの体はぴくりとも動かないけれど、♥《しんぞう》はバク

バクいっているし、ぴくりともしない頭の中で、気持ちはかけずりまわっていた。てきじゃないとわかってもらうのが、いちばんかもしれない。そう考えて、アーサーはクマに向かってうなずき、にこっと笑《わら》いかけた。すると、クマもうなずき、にーっと口をひらいて、とがった長いきばを見せた。

アーサーは、ぞっとした。どうすればいいか、頭をフル回転させてはみたけど、こまったときに、とっさに名案《めいあん》を思いつくようなタイプじゃないし、シロクマを相手にするのは、これがはじめてだ。考えたあげく、クマに見られないようにして、さっとわきをすりぬけ、家まで走って帰ることにした。あまりいい計画ではないけれど、いまはそれ以上《いじょう》の案《あん》は思いうかばない。問題は、どうやって、クマに見られないようにするかだ。

アーサーが下を向くと、クマも地面を見た。

アーサーが上を向くと、クマも空を見あげた。

だったら……と、アーサーは考えて、両手で目をおおった。それから、指と指のあいだを

ちょっとだけあけて、のぞいてみると、シロクマが前足で両目をおおっているのが見えた。その前足なら、指のすきまからのぞき見することは、できそうもない。

チャンスだ。

クマが見ていないすきに、急いでにげなくちゃ。

アーサーは、しのび足で、クマのわきをすりぬけ、全速力で走りだした。とまってうしろをふりかえったりはしない。けものの大きな足がたてる、

ダッ　**ダッ**　**ダッ**　という音がうしろからすることにも、気づかないふりをした。足をめいっぱい動かして、家まで一気にかけていき、げんかんにとびこむと、バタン！　とドアをしめ、かぎをかけた。アーサーは息を切らして、ドアにもたれかかった。

「アーサーか？　どこへ行ってたんだ？」

リビングのドアから、お父さんが顔を出して、きいた。

「家出」

アーサーは、かたで息をしながら、こたえた。

「ずっと家出してたんだ。だれも気づかなかったと思うけど」

お父さんは、なんの話かよくわからないという顔で、うなずいた。

「そうか。もどってきてくれて、ほんとによかった」

お父さんは、深いため息をついて、こうつづけた。

「そうだな、今日はひどい一日だったな。おまえの気持ちはわかるよ。だが、家出すればいいってもんじゃないぞ。それじゃ、なんにもならない。それに、家出はあぶない」

アーサーも、こたえた。

「あぶないなんてもんじゃないよ。シロクマがそのへんをうろついてるんだから」

それをきくと、お父さんはクスクス笑《わら》いだした。

「おもしろいね、アーサー。そのクマは、流氷にでも乗ってきたのかな？　サッカーのことは、かわいそうだったと思うよ。あとで、ハイライトを見よう。それにしても、シロクマとはね」

お父さんは、ばかばかしいというように首をふり、リビングにひっこみながら、いった。

「おまえに想像力《そうぞうりょく》がないとは、だれにもいわせないよ」

アーサーはもう、サッカーなんて、どうでもよくなっていた。それよりもっと心配なことが、できたんだから。それに、これは想像《そうぞう》なんかじゃない。あのシロクマが、うちの前にもどってきていたら、どうする？　もし、アーサーのにおいをかぎつけてきたりしたら、どんなことになるかわからない。アーサーはポケットに手を入れて、幸運のクリスタルをとりだそうとした。ない。もうひとつのポケットを、上からさわってみた。サバイバル・キットのかんもなくなっている。しまった！　走ってるとちゅうで、落としたんだ。アーサーの、一番めと二番めにだいじなものが、いまは道にころがっている――クマのいる通りに。いったい、どこまでついてないんだろう？

そのとき、げんかんのベルが鳴った。もう一回。アーサーは、こおりついた。

「アーサー、だれが来たか、見てちょうだい」

お母さんがいった。

「でも、クマだったら、どうするの？」

「何ばかなこといってるの？　このへんに、クマなんかいるわけないでしょ」

お父さんとお母さんの笑《わら》う声がきこえ、アーサーはますます、はらがたってきた。

アーサーはドアを見つめながら、どうしようかと考えた。

「どちらさまですか？」

　声をかけてみたけど、返事はない。

　外のようすを見ようと、ゆうびん受けのふたをそっと持ちあげ、目を近づけたつぎのしゅんかん、アーサーは、あわてて頭をひっこめた。ゆうびん受けのあなから、アーサーの目の前に、とびだしてきたんだ。**毛の生えた――細長い――鼻が。**

　悲鳴をあげたつもりが、声にならなかった。にげたいのに、足はゆかにはりついたように動かない。

　鼻は数秒でひっこんだ。なんの物音もしない。きこえるのは、アーサー自身の心臓《しんぞう》の音だけだ。

　アーサーは勇気《ゆうき》を出し、もう一度、外を見てみることにした。かがんで、ゆうびん受けのあなからのぞく。アーサーは、びっくりして、目をぱちぱちさせた。シロクマが、げんかんのすぐ外にねそべって、大きな黒い目でドアを見つめている。かたほうの前足の下には、サバイバル・キットのかんがあり、もうかたほうの前足は、古ぼけた茶色いスーツケースをにぎっている。スーツケースには、しものように白い文字で、こう書かれていた。

ミスターP《ピー》

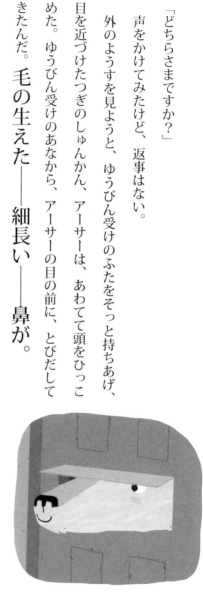

アーサーは顔をしかめた。

ミスターP《ピー》？　あれが、このクマの名前なのかな？　P《ピー》はポーラーベア（ホッキョクグマ）のP《ピー》かもしれない。だけど、なんでこのクマが、ぼくのサバイバル・キットを持ってるんだろう？

アーサーは、ドアから一歩はなれ、考えようとした。すると、外でガサゴソ、音がした。

トン！　トン！　トン！

アーサーは、おそろしさに、ごくっとつばを飲んだ。

「だれなんだ？」

リビングから、またお父さんの声がした。

「ええと……」

シロクマだなんて、いえるわけがない。お父さんは、さっきだって信《しん》じてくれなかったし、今度も信《しん》じちゃくれないだろう。

ドン！　ドン！　ドン！

ノックの音が大きくなった。

アーサーは、どうしていいか、わからなかった。おそろしさにすくんだまま、黒くて長い、二本のかぎづめが、ゆうびん受けから、するするっと入ってくるのを見ていた。だけど、きょうふはおどろきに変《か》わった。アーサーの幸運のクリスタルが、仲直《なかなお》りのしるしのように、かぎづめからこぼれて、ドアマットの上にころがったんだ。かぎづめはもどっていき、ゆうびん受けのふたが、**カタン**と音をたてて、しまった。アーサーは、クリスタルをひろい、手の上でころがしてみた。あのクマは、ぼくにいいたいことがあるのかもしれない——そう考えずにはいられなかった。少なくとも、友だちになりたがっている気がする。ドアを少しあけてやれば、サバイバル・キットも返してくれるかもしれない。

アーサーはふるえながらかぎをあけ、ドアのとってを回した。すると、いきなりドアが内側《うちがわ》に大きくあいて、アーサーはドアとかべのあいだにはさまれ、ぺしゃんこになった。きっと、クマがドアにもたれていたんだ！　体重五〇〇キロくらいありそうな、でっかいシロクマが、家の中にたおれこんできた。クマは**ドサッ**と音をたてて、ゆかにひっくりかえり、スーツケースと、サバイバル・キットの中身が、あたりに散《ち》らばった。

クマはごそごそ起きあがり、**アオン**と大きくひと声あげたあと、クーン、クーンと鳴きはじめた。

かたほうの前足をゆかから上げたままにしているのは、どうやら、そこがいたむらしい。

「いったい、なんのさわぎ？」

お母さんが大声できいた。

アーサーは、ドアとかべのあいだから、なんとかぬけだした。こんなところをお母さんに見られたら、たいへんだ。アーサーは、クマから目をはなさないようにして、こうこたえた。

「えーと、つまさきをぶつけたんだ。それで、持ってたものを落としたから、いま、ひろってるとこ」

アーサーは、ちょっとずつクマに近づいていき、かがみこんで、前足のようすを見た。黒い足のうらに、アーサーのつりばりが、ささっている。アーサーは頭をかいた。足のうらにつりばりのささったクマを、そのまま追いだすなんてできない。そんなの、ざんこくだ。どうにかしないと。

クマはつりばりに鼻をおしつけ、またクーンと鳴いた。

そこで、アーサーは声をひそめ、「だいじょうぶだよ。ぼくがぬいてあげる」といった。

クマは目をぱちぱちさせ、アーサーのほうに顔を近づけてきた。黒くて冷《つめ》たい鼻の先が、アーサーの鼻の頭にあたった。アーサーは、がまんしてじっとしていた。ぞくっとしたのは、こわかったせいじゃない。シロクマと鼻をくっつけっこするなんて、はじめてのことだったから。

2 シイイイイイ！

「静《しず》かにしてなきゃ、だめだよ」

アーサーは小声で、念《ねん》をおした。

「うちの中にクマがいることが、お母さんたちにばれたら、大さわぎになるからね」

クマは、黒いひとみをきらきらさせた。

「そこで何やってんだ？」また、リビングからお父さんの声がした。「だれがいるんだ？」

「べつに……だれもいないよ」

アーサーは、かた手をうしろに回し、人《ひと》差《さ》し指と中指を重ねた。うそをついたときに、ばちがあたらないようにする、おまじ

ないだ。うそは好《す》きじゃないけど、いまは、ほかに方法《ほうほう》がない。どう考えても、家の中にシロクマがいるなんて、一〇〇パーセントまずいことになるに決まっている。リアムにしても、今日はさんざんな一日だったのに、クマなんか見たら、またたいへんだ。

クマの手当てをするなら、こっそり自分の部屋に連《つ》れていくのが、いちばんいい。足のうらからつりばりをぬいてやり、だれにも気づかれないよう、また外に出してやればいいんだ。だけど、それはかんたんなことではないし、音をたてずにやれそうもない。

アーサーはクマに、おとなしくしているよう、身ぶりでつたえると、リビングに入っていった。お父さんとお母さんは、リアムがレゴで巨大《きょだい》うちゅう船をつくるのを、見ている。ここで何か音をたてて、ふたりの気をそらせ、そのすきに、クマを二階に連《つ》れて上がらなくてはならない。リアムのうちゅう船をけとばそうかとも考えてみたけど、それはちょっとかわいそうすぎる気がした。

「クマはもう、いなくなったか?」

お父さんが、笑《わら》いながらきいた。

アーサーはまゆをひそめ、できるだけおそろしげな声をつくった。

「じつをいうと、クマは何百ぴきもいるんだ。

「そいつらが、うちのみんなを食べにくるんだよ」

アーサーは、両手の指をかぎづめのように曲げて、**ガオーッ**と声をはりあげた。

リアムはおびえて、**かん高い悲鳴**をあげた。そして、いきおいよく立ちあがったひょうしに、うちゅう船のつばさを折《お》ってしまった。これでもう、じゅうぶんさわがしくなった。

「なんでそんなことしなきゃならないの？　せっかく、リアムがきげんよく遊んでたのに」

お母さんがいった。

「いますぐ、自分の部屋に行け。あやまる用意ができるまで、おりてくるんじゃないぞ」

お父さんがいった。

アーサーは、待ってましたとばかりにリビングを出て、**バタン**とドアをしめた。しかられても平気だなんて、はじめてのことだ。アーサーは、シロクマのスーツケースをつかみ、かいだんを指差《ゆびさ》すと、もう一方の手でくちびるに指をあて、ついておいでと合図した。そのあとで、ちらっと不安《ふあん》がよぎった。クマの体が大きすぎて、かべと手すりのあいだにつっかえたりしないかな？　重すぎて、かいだんがこわれたりしないかな？

気が遠くなるような時間はかかったものの、クマはいたむ足をかばいながら、

でっかい体で
かいだんを
一だん、
一だん、
のぼっていき、アーサーはなんとか、自分の部屋にクマをおしこむことができた。

ふうっ！

これで、ひと安心。シロクマはなにしろ**でかくて、**ゆかにはもう、一ミリのすきまもないし、アーサーはほとんど身動きもできない。アーサーは、くちびるをかんで、顔をしかめた。よく考えると、これはしゃれにならない。生きたシロクマと、ひ

とつの部屋にいて、どこにもにげ場がないんだから。**正気とは思えない！**　アーサーは体を細くして、どうにかベッドまでたどりつき、つかいふるされたスーツケースを、まくらの上に置《お》いた。

「このかばん、きみの？」

クマは三回、まばたきをした。

「ミスターP《ピー》って、きみの名前？」

クマはまた、まばたきした。

「そうか。ぼくはアーサーだよ、アーサー・マローズ……知りたければ、だけどね」

つりばりをぬきにかかる前に、なるべく仲《なか》よくなっておいたほうがいい、とアーサーは思ったんだ。ミスターP《ピー》の長いかぎづめを見ていると、なおさらそんな気がした。

「きみの前足、楽にしてあげないとね。よくなったら、どこへでも好《す》きなところに行っていいよ」

アーサーがいうと、ミスターP《ピー》はうなだれた。このクマは、いったいどこへ行くつもりだろう？　北極《ほっきょく》からだと、ずいぶん遠くに来たことになる。でも、それは、アーサーにはまったく関係《かんけい》のない話だ。

「じゃ、前足を見せて」

思ったより、どうどうとした声が出た。アーサーは、ミスターP《ピー》の前足を指差《ゆびさ》し、手を差《さ》しだした。

ミスターP《ピー》はふしぎそうな顔で、前足を持ちあげた。

「そうそう」

アーサーは、ほっとした。つりばりは、「かえし」のないタイプだった。はりの先に、とげのような「かえし」がついていると、はずしにくくて、やっかいなのだ。アーサーは、そうっと、つりばりをはずしにかかった。ミスターP《ピー》が、低《ひく》い声でうなる。アーサーは手をとめた。大きくすいこんだ息が、ふるえる。

「ちょっといたいかもしれない。でも、ぼくにうなるのは、よくないよ。きみをたすけようとしてるんだからね。目をつぶっててごらん。お母さんがいつもいうんだけど、見たらよけい、いたく感じるんだって」

ミスターP《ピー》は、アーサーのひざに鼻先をのせ、ぎゅっと目をつぶった。このあとはさっと終わらせるのがいちばんだと考えたアーサーは、できるだけすばやく、一気につりばりをひきぬいた。

「よし！　とれたぞ！」

アーサーは、つりばりをかかげた。

ミスターP《ピー》は目をあけ、しげしげと足のうらを見た。くちびるが内側《うちがわ》にまるまったのは、笑《わら》っているからだと思いたい。

「うん。よかった。それじゃ、会えてうれしかったよ。ぼくについてきてくれたら、外に出してあげるよ」

アーサーは、苦労《くろう》してベッドからおりかけたけど、ミスターP《ピー》が、ぐたーっとゆかにねそべっているせいで、ドアをあけることはできそうもない。

アーサーは、ごくっとつばを飲んだ。

「さあ立って、ミスターP《ピー》。うちには、置《お》いてあげられないんだ。きみのいばしょは、どこかほかにあるんじゃないの？」

でも、クマは動かない。

「いじわるしてるわけじゃないよ。きみは知らないだろうけど、うちの家族は――」

ふいに、クマが頭を上げた。スーツケースのほうを向いて、鼻をクンクンさせている。

アーサーも、スーツケースを見た。これを調べれば、ミスターP《ピー》がどこから来たのか、どこへ行こうとしているのか、手がかりがつかめるかもしれない。スーツケースをひっくりかえすと、小さなタグがついているのに気がついた。

エリス通り二十九番地だって？　それは、アーサーの家の住所だった。どうしてシロクマが、アーサーの住所をつけたスーツケースを、持っているのだろう？　きょうみが、むくむくわいてきた。アーサーはとめがねをパチンとはずし、スーツケースを、ほんの少しひらいてみた。

きょうれつなにおい。なみだが出てくる。アーサーは鼻にしわをよせ、息をとめた。

めちゃくちゃ　あやしい。これは、くさいぞ。**ぷんぷん、におう。**

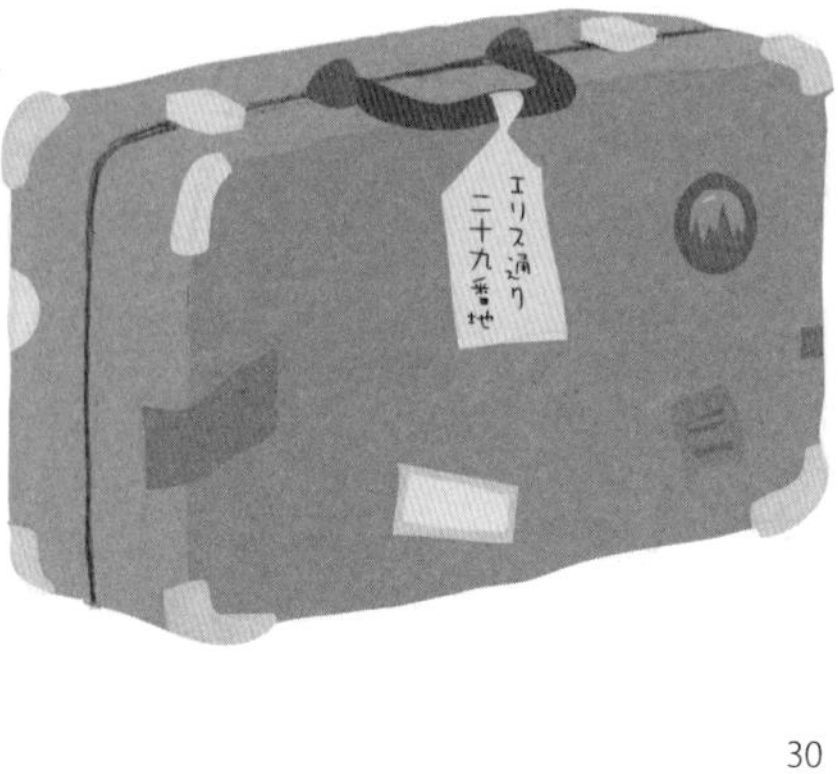

アーサーは、そうっとスーツケースをあけ、思わず手で口をおおった。

「うえっ！」

はきそうだ。

「きみ、知ってた？　中に、死んだ魚が一ぴき、入ってるよ？」

ミスターP《ピー》は、したなめずりした。

「あー、**だめだめだめだめ！**　食べちゃだめだよ！　ここで食べないで。っていうか、こんなの食べちゃだめだ。くさりかけてるよ。お母さんたちにかぎつけられる前に、すててこなくちゃ。そうしないと、家じゅう、くさくなっちゃうから」

アーサーはかた手で鼻をつまみ、もうかたほうの手で、ぬるぬるする魚のしっぽをつかんだ。魚くさいしるが、ふとんにたれないよう気をつけながら、ベッドの上をそっと、いどうする。それから、まどをあけ、手に持った魚をなるべく遠くにつきだし、庭にほうりなげようとした。すると、いきなりミスターP《ピー》が、アーサーにとびかかった。ベッドのわきにあった電気スタンドが、ガシャンと音をたてて、ゆかにたおれた。ミスターP《ピー》は、アーサーの手から魚をもぎとると、口にくわえ、むしゃむしゃ食べはじめた。

お父さんが二階に上がってくる足音がする。

「何をやってるんだ？　おりてきてあやまる気はないのか？」

ドアのとってがガチャガチャ動くのが、見えた。お父さんが部屋に入ろうとしているんだ。でも、ミスターP《ピー》のおしりがドアの前をふさいでいるから、あけることができない。一ミリも。

「なんでもない。だいじょうぶだよ、すぐおりるから」

アーサーはこたえた。

ミスターP《ピー》は、カーペットに落ちた魚のざんがいを、せっせとなめとっているところだ。シロクマのしたがすごく長くて、青い色をしていることに、アーサーはびっくりした。

「アーサー、このひどいにおいは、なんだ？おまえの部屋からしてるんじゃないのか？」

ミスターP《ピー》は、魚を最後《さいご》のひとかけらまで食べおわり、緑色のカーペットの、よれてかた

まった毛たばをていねいになめあげている。においはちっとも、ましになっていない。アーサーは、すっかりうろたえてしまった。

お父さんが、ドンドンとドアをたたく。

「おい、中に入れろ。何かこそこそやってるのは、わかってるんだぞ」

「あけられないんだ。いま、ドアの前がふさがってて」

「じゃあ、そこにあるものをどけるんだ」

お父さんは、ぶつぶついいながら、ドアをかたでおしあけようとしたけれど、やっぱりむりだった。

「ようし、わかった。どうしても入れない気なら、ほかに考えがある」

どうする気かな、とアーサーはふしぎに思ったけれど、数分もしないうちに、こたえがわかった。

外でガチャガチャ音がしたかと思うと、長いアルミのはしごが、まどのそばのかべにかかるのが、見えた。アーサーはあわてて、あたりを見まわした。ミスターP《ピー》を、どこかにかくさないと。

ふとんをかぶせて、なんとかごまかせないかとやってみたけど、大きさがぜんぜんたりない。ミスターP《ピー》の大きなおしりはまる見えだし、反対側《はんたいがわ》からは鼻先がはみだしている。

カチャ、カチャン、ガチャン

お父さんがはしごをのぼってくる音がする。

そのとき、ミスターP《ピー》が小さくうなると、かわいたせきをしはじめた。さっき食べた、くさりかけの魚をはきだすのだけは、かんべんしてほしい。

ガチャン、ガチャン、ガチャン

最初《さいしょ》に、お父さんの頭のてっぺんが見えた。つぎに、顔ぜんぶが、ひらいたまどからのぞいた。

アーサーは、お父さんに手をふって笑顔《えがお》をつくり、本を読んでいたふりをした。お父さんは顔をしかめ、まどからのぞきこんだ。部屋の中をじっと見て——もう一度見た。

「あれはなんだ?」

お父さんが指差《ゆびさ》したのは、ふくらんだふとんのはしからのぞいている、毛の生えた鼻だった。

アーサーがこたえるより早く、ミスターP《ピー》がむっくり顔を上げ、のどのおくからまた変《へん》な音を出すと、はげしくせきこみはじめた。魚くさいカーペットの毛玉が、お父さんの顔をかすめて、まどの外にとんでいった。

お父さんがうしろによけたはずみで、はしごがかべからはなれた。お父さんはまどわくに手をのばし、なんとかバランスをとりもどそうとしたけど、手おくれだ。はしごは左右にぐらんぐらんゆれて、大きくかたむきはじめた。お父さんは悲鳴をあげ、必死《ひっし》ではしごにしがみつこうとした。

そのとき、さっとミスターP《ピー》がとんできて、お父さんのベルトにつめをひっかけた。同時に、はしごは大きな音をたて、地面にひっくりかえった。お父さんは宙《ちゅう》づりになったまま、足をぶらぶらさせ、うでをふりまわしている。

「うわあああああああああ！」

お父さんがさけぶ。

「ガルルルルル」

ミスターP《ピー》が、大きな白い歯をむきだして、うなる。お父さんは目をむいた。

「リジー！」

お父さんは、お母さんをよんだ。

「たすけてくれ！　早く！」

お母さんが、大急ぎで庭に出てきた。そして、「たいへん！　たいへんだわ！」と声をあげると、あわてて、はしごをもとの位置《いち》にもどそうとした。

一階のどこかから、リアムの声がきこえる。パニックを起こしていて、すでに、かんたんにはなだめられないレベルに、なっているようだ。

お母さんが、やっと、はしごをかべに立てかけた。ミスターP《ピー》は、お父さんをそうっとはしごにおろし、お父さんがふるえる足で、はうようにしておりていくようすを、見まもった。お父さんは、地面にへたりこむと、意味不明《いみふめい》なことをもごもごいいながら、まどのほうを指差《ゆびさ》した。

「何をいってるの、リチャード？」

お母さんが、お父さんの頭を調べながら、きいた。どこかぶつけたんじゃないかと、思ったようだ。

「アーサーが、部屋に**クマ**を連《つ》れこんでるって、どういう意味？」

「見えないのか？　あそこだよ！」

お父さんは、ハアハアあえいでいる。

お母さんは、まどを見あげると、あっと口をおさえて、お父さんのとなりにへたりこんだ。

アーサーが、二階から声をはりあげた。

「もっと早くいえばよかったんだけど、信《しん》じてくれないと思って」

「だいじょうぶなの、アーサー？　気をしっかりもってね。いま、けいさつに電話するから」

「ぼくなら、だいじょうぶだよ。けいさつには電話しないで。ミスターP《ピー》は、だれにもけがさせたりしないから。いいクマなんだ……ほら、いまだって、お父さんの命をすくってくれたでしょ？」

「だけど、**クマはクマ**なんだから。ねえ、どうして、そのクマの名前がわかったの？」

アーサーは、ミスターP《ピー》のスーツケースを持ちあげて、お母さんに見せた。

「これに書いてあったんだ」

長いちんもくがつづいたあとで、お父さんが口をひらいた。

「あったかい紅茶《こうちゃ》でも飲まないと。頭がくらくらしてきた」

ほんとうに気分が悪そうだ。顔が、ちょっと青ざめている。お母さんは、アーサーとお父さんを、かわるがわる見た。どっちを先にたすけるか、決めかねているようだ。アーサーは、チャンスだと思い、こういった。

「お母さんは、お父さんのめんどうを見てあげてよ。ぼくもすぐ、ミスターP《ピー》を連《つ》れておりるから」

「ほんとに、**ぜんぜん**きけんはないの？」

アーサーは、ふりかえった。ミスターP《ピー》は、アーサーのそばに、おとなしくすわっている。こんなにきけんを感じさせないシロクマなんて、生まれてはじめてだ。アーサーは、大声でお母さんにいった。

「落ちついて。ぼくたち、平気だから」

お母さんは、ちっとも落ちついたようすはなかったけれど、ふらついてうまく歩けないお父さんのうでをとってささえながら、家の中へもどっていった。

アーサーは、ベッドにドサッとたおれこんだ。アーサーも、ちょっと頭がくらくらしていたんだ。お父さんは、だいじょうぶだろうか？　きっと、はしごから落ちそうになったショックと、シロクマにたすけられたショックのせいだ。

ふと、ミスターP《ピー》のスーツケースのタグに、目がとまった。

「ねえ、ぼくの家に、何しに来たの？　どうして、ここに来たの？」

ミスターP《ピー》は、大きな大きな前足で、そっとアーサーにふれた。

「そっか。友だちになりたいんだね？　うちにとまりたいんでしょう？」

ミスターP《ピー》は、目を三回ぱちぱちさせた。

アーサーは、ミスターP《ピー》の前足をなでてやり、両手でにぎって上下にふった。

「これが、あくしゅだよ。ぼくたち人間は、はじめて会った人と、こうやってあいさつするんだ。いまからきみを、お父さんとお母さんにしょうかいするからね、ちゃんとあいさつして、れいぎ正しいクマだと思ってもらえれば、うちにとめてもらえるかもしれないよ……とりあえず、今日のところはね。約束《やくそく》はできないけど。お父さんもお母さんも、べつに不親切《ふしんせつ》な人じゃないんだ。だけど、このへんじゃ、クマなんて見かけることがないから……そこんとこは、わかってあげてね」

かわいそうに、ミスターP《ピー》はくたびれたうえに、すっかりとまどっているみたいだ。このクマにとって、アーサーの家は、最後《さいご》の望《のぞ》みなのかもしれない。アーサーは、どうかお父さんたちをうまく説得《せっとく》できますように、といのった。

3 ダダダダダダダダダダダダッ！

「気をつけて！　いま、おろすから！」

アーサーは、声をはりあげた。

ミスターP《ピー》の体の位置《いち》を変《か》えて、ふたりとも部屋から出られるようにするまでに、しばらくかかった。いま、ミスターP《ピー》は前足を前につきだし、シロクマが雪のしゃめんをすべりおりるときのように、おなかでかいだんを、すべりおりようとしている。

ダダダダダダダダダダダッ！

下に着いても、そのいきおいで板ばりのゆかをつーっとすべっていき、もうちょっとでげんかんのドアに鼻をぶつけるというところで、やっととまった。

お父さんとお母さんは、台所の戸口から、ようすをうかがっている。ふたりとも、はりつめた表情《ひょうじょう》だ。だれも口をきかない。そのあいだに、ミスターP《ピー》は立ちあがり、体をぶるぶるっと、ふるわせた。こうして見ると、やっぱりミスターP《ピー》は、すごーく大きい。

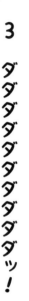

アーサーは、クマをしょうかいした。

「こちらは、ミスターP《ピー》。ミスターP《ピー》、こっちは、ぼくのお父さんとお母さんだよ」

ミスターP《ピー》は、アーサーに教わったとおりに、前足を差《さ》しだした。なのに、お父さんたちは**ひゅっ**と、ドアのうしろにかくれてしまった。

「ふたりと、あくしゅしたいだけだよ」

アーサーがいうと、お父さんはごくっとつばを飲み、お母さんは小さく手をふった。リアムが台所のすみでうめく声が、かすかにきこえる。

ミスターP《ピー》は、首をかしげて、その声に耳をかたむけた。

「弟のリアムだよ。だいじょうぶ。少ししたら、みんな、きみになれてくると思うから」

ミスターP《ピー》は、台所のほうに一歩近づいた。

「こっちに来るな」

お父さんは両手をつきだして、ミスターP《ピー》をとめた。

ミスターP《ピー》は鼻をひくひくさせ、その場にすわりこんだ。

「ミスターP《ピー》のスーツケースには、うちの住所を書いたタグが、ついてるんだ。ほかに行くところがないみたいだし、とめてあげてもいいかな？　今日だけでいいから」

アーサーは、お父さんたちにスーツケースをわたし、タグを指差《ゆびさ》した。

「あなたが書いたの？」

タグを手にとって、お母さんがきいた。

「ぼくじゃない。ほんとだよ。それに、うちでめんどう見てあげるほうがいいよ。このクマはつかれてるし、けがもしてるんだ。

お願《ねが》いだよ」

「けが？」

お母さんは、心配そうにまゆをよせた。

「歩くのもつらいんだよ」

アーサーは、ミスターP《ピー》の前足を指差《ゆびさ》した。

すると、ミスターP《ピー》は、けがをした足を持ちあげ、うめき声をもらした。シロクマにしては、えんぎがうまい。

お母さんの表情《ひょうじょう》が、やわらいだ。

「かわいそうに。どうかしら、リチャード？　とってもおぎょうぎのいいクマみたいよ。今夜は、とめてあげましょうよ。動物あいごセンターに電話するのは、明日の朝でいいんじゃない？　日曜のこの時間だもの、電話しても、どうせだれもいないわ」

お父さんは、両手で顔をおおった。

「わかったよ。でも、とめるなら、ガレージだ。クマとひとつ屋根の下にいるなんて、リアムにがまんできるかどうか、わからない」

「かわりに、リアムがガレージでねるって手もあるよ」

アーサーは、口に出してすぐに、いわなければよかったと、こうかいした。弟にいじわるするつもりじゃなかった。本気じゃなかったんだ。でも、お父さんとお母さんは、いまの言葉にはらをたてたはずだし、ミスターP《ピー》を置《お》いてもらうためには、ふたりのきげんをとらないといけない。きげんをそこねるんじゃなくて。

「ごめんなさい。お父さんのいうとおりだよね。ミスターP《ピー》は、ガレージでもいいよ。あそこはよごれてるし、クモのすだらけだから、気に入ってもらえるかどうか、わからないけど」

「心配なら、おまえがそうじしてやればいい」

お父さんがいった。

「でも、ぼくのガレージじゃないし」

アーサーは、不満《ふまん》げにいいかえした。

「だが、おまえのクマだろう。だから、これはおまえの問題だ」

問題？　それをいうなら、ほんとうに問題あるのは、うちの家族じゃないの？

アーサーは心の中でそうつぶやいて、すぐに、みんなに申しわけない気持ちになった。どうやら、ガレージのそうじにとりかかるほか、なさそうだ。

アーサーはバケツに水を入れ、せんざいをとかすと、ミスターP《ピー》の前に置《お》いた。

「これ、運んで。ぼくは、ほうきをとってくるから」

ミスターP《ピー》は、バケツをくわえ、前足がいたむふりをしながら、アーサーのあとについて庭に出ると、ガレージのドアの前まで行った。お父さんたちが、うしろから見ているのは、わかっている。ふたりがミスターP《ピー》を気の毒《どく》に思ってくれますように、とアーサーはいのった。

ドアをあけ、電気をつける。アーサーが思った以上《いじょう》に、ひどかった。そこらじゅう、クモのすと、ほこりだらけだし、まどには、緑色のよごれが、こけのように、びっしりついている。お父さんは、**一度も**ここをそうじしていないにちがいない。

「だいじょうぶだよ」

アーサーは、ミスターP《ピー》の耳のうしろを、かいてやった。

「ふたりで、きれいにしよう。まどふきを、手つだってくれる？　きみは外からやってよ。ぼく

は中からふくから」

アーサーがぞうきんをわたすと、ミスターP《ピー》は、それをせんざいの入った水につけて、よごれたまどを、ごしごしふきはじめた。少しすると、まどをはさんで、おたがいの顔が見えるようになった。ミスターP《ピー》が、ガラスに顔をおしつけると、鼻がつぶれて、歯がむきだしになった。アーサーも、おんなじことをしてみせた。アーサーの小さな歯をひと目見るなり、ミスターP《ピー》は、しばふにひっくりかえって、ごろごろころがった。笑《わら》っているらしい。

「ほらほら、ふざけてないで。まだ終わりじゃないよ。中に入って、クモのすをとるのを、手つだってよ」

ガレージに入ってきたミスターP《ピー》のようすからすると、クモのすは好《す》きじゃないらしい。クモのすがはりついて、白い毛が灰色《はいいろ》になるし、かぎづめにもクモの糸がからまる。とつぜん、ミスターP《ピー》の動きがとまった。全身の毛をさかだて、ウーッとうなっている。ミスターP《ピー》のまん前、鼻の少し先のところにいるのは、大きくて、黒くて、足の長ーい……

クモだ！

クモはじっとしている。ミスターP《ピー》は、そろそろと近づいていった。すると、クモがミスターP《ピー》の鼻めがけて、ササササッと動いた。ミスターP《ピー》はうしろにとびのき、その場で一周まわってガレージをとびだし、庭のはしまでかけていった。言葉をかけるひまもない。まさかシロクマが、こんなにおくびょうだなんて！

アーサーは、クモを手のひらにすくいあげた。

「ごめんよ、クモくん。悪いけど、よそへ行ってね。あのおばかさん、きみがいると思うと、ガレージにもどってこないだろうから」

アーサーは庭に出て、フェンスのむこうに、クモをほうった。ミスターP《ピー》は、前足で両目をおおっている。

アーサーはやれやれと首をふり、ガレージにもどった。ゆかをはいて、あたりを見まわす。どこもきれいになって、クモもいなくなった。でも、まだあんまり、いごこちよさそうじゃない。アーサーはくちびるをかみ、どうしたらシロクマが安心できる場所になるか、考えた。しきものがあるといいかな？　まくらは？　さびしくないように、友だちがいるといい？

アーサーは、何かないかと二階に走っていった。たなのいちばん上にあった毛布《もうふ》と、つかっていないまくらをとる。そして、ベッドの下から、古いぬいぐるみをひっぱりだした。お気に入りの、だいじな、だいじな、うすよごれたサルのぬいぐるみ。だけど、だれかに見られてばかにされるのがいやで、ふだんはなくしたふりをしている。サルのビンゴは、ミスターP《ピー》の友だちにちょうどいい気がした。

アーサーはビンゴをわきにはさみ、反対側《はんたいがわ》のうでに、毛布《もうふ》とまくらをかかえて、ガレージにおりていった。それから、毛布《もうふ》をゆかにしき、はしっこにまくらを置《お》いて、ビンゴをすわらせた。

「こっちに来てごらんよ、ミスターP《ピー》」

アーサーがよぶと、ミスターP《ピー》は、おどおどしながらガレージにもどり、クモがいないか、すみからすみまでたしかめてから、毛布《もうふ》の上にねそべった。アーサーが、ひじのところにビンゴを入れてやると、何分もしないうちに、ミスターP《ピー》は**大きないびき**をかきはじめた！

アーサーは、そのようすをすわって見ていた。小さく鼻歌がきこえたので、ふりかえると、かべの前にリアムが立って、ミスターP《ピー》をじーっと見つめていた。

「したかったら、ミスターP《ピー》にあいさつしてもいいよ、リアム。こわくないから」

リアムは、一歩近づいた。だけど、ミスターP《ピー》がかた目をあけたとたん、大あわてでガレージか

らにげだしていった。とめるまもなかった。

アーサーはため息をついて、またミスターP《ピー》のそばにこしをおろした。ふかふかの、あったかい体にもたれてみる。

「あいつのことは、気にしなくていいよ。気にする必要《ひつよう》なんか、ぜんぜんないから」

ミスターP《ピー》が、低《ひく》くうなった。

「わかるよ。ぼくもしょっちゅう、そんな気分になるんだ。この家には、ぼくの気持ちをほんとに考えてくれる人なんて、ひとりもいない。お父さんもお母さんも、リアムのことしか、頭にないんだ」

ミスターP《ピー》はアーサーに体をよせ、アーサーは、ミスターP《ピー》のやわらかいおなかに頭をのせた。このままずっと、ミスターP《ピー》がいてくれたらいいのに。アーサーは、そう願《ねが》った。

4 プシュ——ッ！

エリス通りの月曜の朝は、たいていさわがしい。それも、うれしくないさわがしさだ。リアムは、決まったことを決まったとおりにやるのが好《す》きで、予定外のことが起こるのをきらう。週のはじめに学校へ行かせるのは、ちょっとした戦争《せんそう》だ。アーサーは、となりの部屋でリアムがわめく声で、目をさますことになる。そうすると、悲しいような、はらだたしいような気持ちになって、リアムの声がきこえないよう、まくらの下に頭をうずめてしまう。

だけど、月曜なのに、今日はみょうに静《しず》かだ。アーサーは、何か起きているんじゃないかと不安《ふあん》になって、パジャマのまま、かいだんをかけおりた。

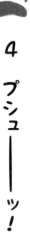

庭に通じるドアがあいていて、お母さんがそこのかいだんにこしかけ、紅茶《こうちゃ》を飲んでいた。ミスターP《ピー》はもう起きて、ガレージから出てきている。学校のせいふくに着がえたリアムが、ミスターP《ピー》にまたがって、庭をぐるぐるまわっていた。

アーサーは、言葉が出なかった。ミスターP《ピー》は、**アーサーの**友だちなんだ。そのアーサーだって、せなかに乗せてもらったことなんかないのに、どうして、リアムはこんなふうに、いいとこ取りするんだろう？　そもそもリアムは、ミスターP《ピー》のことを、好《す》きでもなんでもないくせに。アーサーは家の中にもどると、うしろ手にドアをバタンとしめた。それから二階に上がり、せいふくに着がえて、台所でひとり、朝ごはんを食べた。アーサーの目は、ついつい、まどの外に向かってしまう。リアムとミスターP《ピー》は、まだ庭をぐるぐるまわっている。アーサーは、ますます、はらがたってきた。

「おはよう、アーサー」

お母さんは、ごきげんだ。

「どうしたの？　虫のいどころが悪いようね」

「動物あいごセンターには、電話したの？」

アーサーがきくと、お母さんは首を横にふり、まどのほうを指差《ゆびさ》した。

「まだよ。リアムは、ミスターP《ピー》といると、落ちつくみたい。すごく気が合うらしいわ。月曜の朝なのに、こんなに気分がいいなんて、何年ぶりかしら。ミスターP《ピー》には、もうしばらく、いてもらってもいいんじゃない？　そうしたら、足のけがもすっかりよくなるでしょうし。今日は、あなたたちで学校に連《つ》れていってあげたら、どう？」

「学校なら、**ぼくが**連《つ》れていく。ミスターP《ピー》は、リアムのクマじゃない。ぼくのだ」

「ミスターP《ピー》は、だれのものでもないんじゃない？　それに、弟とミスターP《ピー》が仲《なか》よくやってるんだから、喜《よろこ》ぶべきだと思うけど。いいことだわ」

「リアムとミスターP《ピー》には、いいことだろうね。でも、ぼくにとっては、ぜんぜんいいことじゃない」

お母さんは、こまった顔をして、アーサーをだきしめた。

「ミスターP《ピー》に、もっといてほしいんじゃなかったの？」

アーサーは、テーブルの足をけった。もちろん、いてほしいに決まっている。

お母さんは、時計を見た。

「さあ、そろそろ行く時間よ。初日《しょにち》から、ミスターP《ピー》をちこくさせるわけにはいかないわ」

アーサーはうなずいた。

リアムは、ガレージの前までミスターP《ビー》に乗っていき、そこでせなかから、すべりおりた。


アーサーは、車を見て——

それから、ミスターP《ビー》を見た。


アーサーは算数が得意《とくい》じゃないけど、ざっと計算してみただけでも、お母さんの車の後部ざせきに**ばかでかい**シロクマをおしこむのは、かんたんじゃないことくらいわかる。

それでも、車のドアをあけ、なるべく明るい声でいった。

「さあ、乗って」

ミスターP《ビー》は首をふり、あとずさった。

「いっしょに学校に行きたいだろ？

ほら、小さくなってみて」

ミスターP《ビー》は、目をぱちぱちさせ、ずずっと車によった。

はじめに、うしろ向きでやってみた。後部ざせきにおしりをつっこみ、もぞもぞとあとずさりする。

「息をすって！」

アーサーがいった。

ミスターP《ピー》は、ハアハアあえいでいる。

アーサーは、クマの体を**うんしょ、こらしょ**と、おしてみたけど、うまくいかない。

もっといいやりかたが、あるはずだ。

もう一度、やりなおし。今度は、鼻から入ってみる。

もぞもぞ、ぐいぐい、後部ざせきに乗りこむ。

なんとか、うしろ足のかたほうはおさまったけど、もうかたほうは、**だらーん**と車の外にたれている。車の屋根は、ドーム型《がた》に**ぽっこり**ふくらんでいるし、ゆかは、いまにも地面にくっつきそう。

「ストーップ！」

お母さんがさけんだ。

「そんなことしたら、わたしの車がこわれちゃうわ」

そこで、アーサーはいった。

「ミスターP《ピー》は、バスで連《つ》れてくよ。バスなら、シロクマが乗れるスペースがあるから」

リアムが入学して以来《いらい》、アーサーは、スクールバスに乗ることができなくなった。お父さんもお母さんも、バスの中はリアムにはうるさすぎるし、人も多すぎるというので、いまは、アーサーもいっしょに、家の車で通学している。友だちがみんなバスに乗るのに、自分だけ車で行かなくてはならない。アーサーは、それがほんとうにいやで、みじめな気分だった。学校に着いてから、リアムを連《つ》れて校舎《こうしゃ》まで歩くのも、いやだ。いつでもだれかが、リアムがおかしなことをするのを期待して、こっちを見ている気がするのだ。その感じが、すごくいやだった。ほんとうのところ、リアムと学校に行くこと自体、いやでしかたがない。でも、それをだれかにいったことはなかった。そんな気持ちは、自分のむねだけにしまっておくものだから。

「そうね。バスのほうがよさそうね」

お母さんは、さいふから、お金を出した。

「だけど、走っていかないと。もうバスの来る時間よ」

「やったあ！」

アーサーは、こぶしをつきあげた。

「行くよ、ミスターP《ピー》。ぼくとバスに乗るんだ」

ミスターP《ピー》は小走りで、アーサーのあとをついていった。バスがやってくるのが見える。

「急いで、ミスターP《ピー》！　乗りおくれちゃう」

ミスターP《ピー》は、ハアハアいいながら、走った。ふたりがバスていに着くと同時に、バスがとまった。

ドアがひらく。

プシュ――ッ！

ミスターP《ピー》は、両耳をおさえて、とびのいた。こわがっているみたいだ。

アーサーは、なだめるようにいった。

「平気だよ。バスのドアがあいただけだから」

ミスターP《ピー》は、ドアをじろじろ見ると、さわったり、においをかいだりした。

運転手さんがいった。

「一日じゅう待ってるわけにはいかないよ。予定がくるっちまう。乗るのか乗らないのか、はっきりしてくれ」

アーサーは、あやまった。

「すみません。ミスターP《ピー》は、たぶん、はじめてバスに乗るんです」

「こっちも、はじめてさ。シロクマなんて、乗せたことがないよ。さあ、ミスター・ナントカ、入っておいで。みんなで、めんどう見てやるから」

アーサーは、ミスターP《ピー》をバスにおしこみ、お金を出した。運転手さんは、頭をかいた。クマの料金《りょうきん》をいくらにしたらいいか、わからなかったんだ。そこで、ただで乗せてやるのがいちばんいいということにした。

ミスターP《ピー》が、バスのうしろに向かって、きゅうくつそうに通路を進んでいくと、みんな席《せき》について、道をあけてくれた。ミスターP《ピー》がぶつかるせいで、いすからつぎつぎ、かばんが落ちて、教科書がゆかに散《ち》らばった。みんなぶつぶつ、もんくをいっている。

「ごめんなさい、ごめん、ごめんね」

アーサーは、みんなにあやまりながら、ミスターP《ピー》のあとについて、落ちたものをひろってあげた。うしろのほうに、仲《なか》よしのトムがすわっているのに気づいて、アーサーはほっとした。トムは、すごくこうふんしているようで、こっちに来ていっしょにすわれ、と手まねきしている。ミスターP《ピー》もこうふんしているらしい。うれしそうに、にーっと、みんなに笑《わら》いかけた。そのせいで、かみそりのようにするどい、四十八本の歯がまる見えになった。みんなは、**あつ**と息をのんだ。小さい子のひとりは、泣《な》きだしてしまった。

「早くすわって」

運転手さんが、大声でいった。

バスのまん中あたりに、少し広いスペースがある。こんでいるときには、そこに立てるようになっているんだ。

「そこに、ねそべるといいよ。口をとじて、じっとしてるんだよ」

アーサーがいうと、ミスターP《ピー》は、二回ほどその場でまわってから、どさりとゆかにねそべり、**フン**ン……と、息をついた。アーサーは、トムの席《せき》まで行って、となりにすわった。

「なんだよ、あれ？」

ミスターP《ピー》を指差《ゆびさ》しながら、ひそひそ声でトムがきいた。

「見てのとおり、シロクマだよ。しばらく、うちにいることになったんだけど、うちの車には乗せ

られないんだ」

「シロクマがあんたの家にいたがるなんて、おかしな話ね」

エルサが、口をはさんできた。

「あんたの家なんか、だれも行きたいと思わないわ」

エルサはいじわるな、ひどいやつで、アーサーの友だちなんかじゃないことは、いうまでもない。

「ミスターP《ピー》は、うちを気に入ってるよ」

「あら、あたしの家のほうが、ずっと楽しいのに。だいいち、あんたのへんてこりんな弟のことを、がまんしないですむもんね」

アーサーの顔がまっ赤になり、なみだで目がちくちくした。

「弟は、へんてこりんなんかじゃ**ない**。いっとくけど、リアムとミスターP《ピー》は、すごくうまくやってるよ。なんにも知らないくせに」

アーサーは、リアムにいじわるをされるのが、すごくいやだった。まるで**自分が**いじわるされているような気持ちになるんだ。

エルサは、手をたたいて笑《わら》いだした。

ミスターP《ピー》が頭を上げて、うなった。エルサがおびえた顔をしたので、アーサーは、いいきみだと思った。

「ま、どっちにしろ、あたしの家には、あのクマに入ってほしくないけどね。あいつの息、魚くさいんだもん。ここまでにおうわ」

ミスターP《ピー》のうなり声が、大きくなった。エルサはそっぽを向いて、まどの外を見た。

そのとき、ドアがプシュ――――ッと音をたててしまり、バスはブルンブルンとふるえながら、前に進みはじめた。ミスターP《ピー》はとびあがり、うしろによろめいた。そして、ひざをつくと、ミスターP《ピー》の鼻の先が、ちょうどエルサの顔の前に来た。
「ちょっと、このクマをどけてよ！ あたしの前から、どかして！」
エルサが悲鳴のような声をあげ、かばんでミスターP《ピー》の頭をたたこうとした。
「やめろよ」

アーサーは、どなった。

「こわがってるじゃないか」

でも、エルサはやめようとしない。

バスが、とまるはずじゃないところで、とまった。

「おい」

運転手さんが、運転席《うんてんせき》から出てきた。

「みんな、落ちついてくれ。シロクマが乗るなんて、ふつうはないことだが、このクマにだって、みんなと同じように、バスに乗るけんりがある。親切にしてやれないなら、バスをおりてもらうぞ。わかったか、みんな?」

エルサはうで組みをし、顔をしかめて、アーサーにいった。

「あんたと、そのくさいお友だちのおかげで、乗りごこちが悪いったらないわ」

すると、トムがいった。

「もうたくさんだ。アーサー、前の席《せき》にうつろう。そしたら、うるさいのをきかずにすむし――」

トムは、あごでエルサのほうを指した。

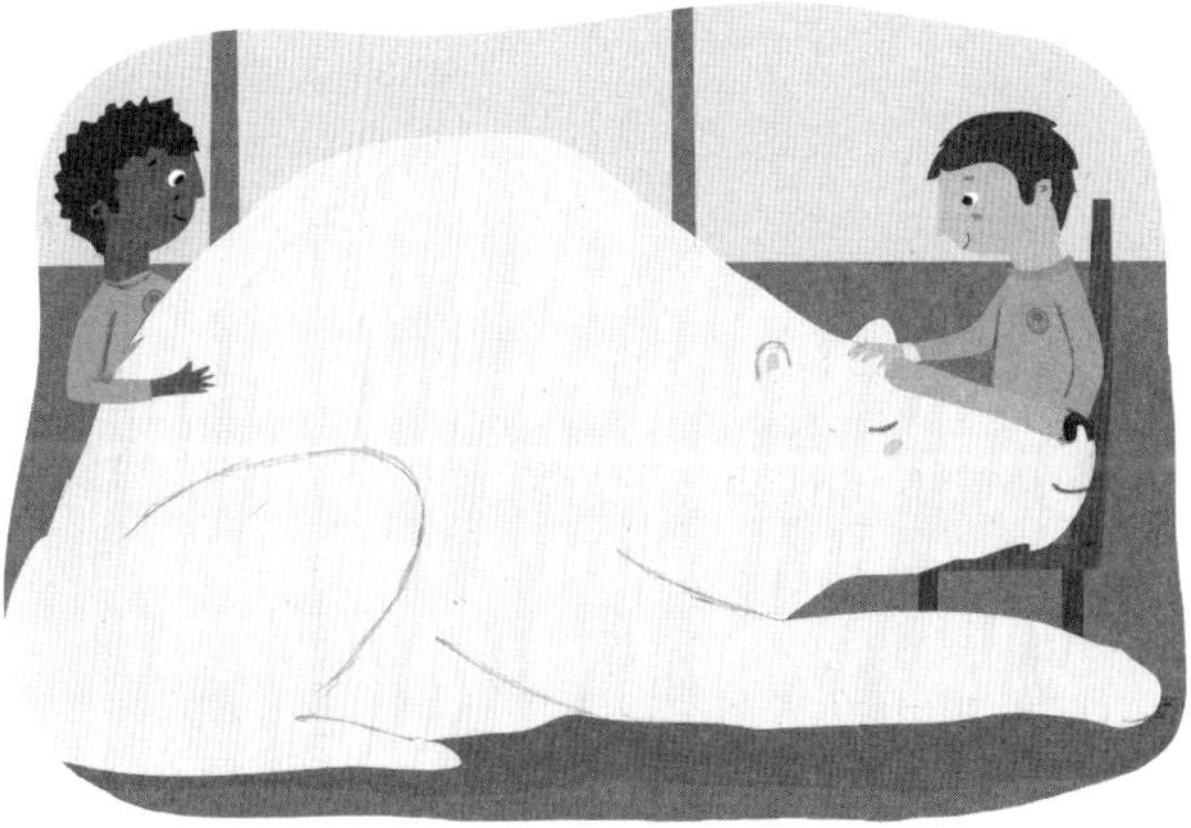

「――ここよりもっと、ミスターP《ピー》のめんどうを見てやれるよ」

アーサーはミスターP《ピー》のそばにすわって、クマの頭を自分のとなりの席《せき》にのせてやった。トムは、ミスターP《ピー》のおしりのほうにすわった。つぎのバスていで、ドアがプシュ――ッとあいたり、しまったりするときには、ふたりでいっしょうけんめい、ミスターP《ピー》をなだめてやった。

運のいいことに、乗ってきたのはひとりだけで、それがロージーだったので、アーサーはほっとした。

ロージーはすごくいい子で、頭もいい。おまけに、アーサーが入っているサッカーチームのエースなんだ。ロージーはバスに乗るとき、落ちついて本が読めるよう、いつも大きなヘッドホンをしている。

「えー？」

ロージーはおどろいて、ミスターP《ピー》を見つめた。

ロージーは、トムのすぐそばにわりこみ、ヘッドホンをはずした。

「きれいなクマねえ。でも、どうして悲しそうなの？」

「バスのドアがたてる音が、こわいんだよ」

アーサーがこたえると、トムもいった。

「それに、ミスターP《ピー》は、エルサがきらいなんだ。いじわるだからね。いつものことだけど」

ロージーがエルサをにらむと、エルサは、むっとした顔をした。

「ミスターP《ピー》に、あたしのヘッドホンをかしてあげようか？　そしたら、エルサの声も、ドアの音も、なんにもきこえなくなるから」

ロージーがヘッドホンを差《さ》しだすと、ミスターP《ピー》はそれをしげしげと見て、ぺろんとなめた。

「食べないでね」

ロージーは、笑《わら》った。

「耳にはめるのよ、こうやって」

ロージーはヘッドホンを、ミスターP《ピー》の片耳《かたみみ》の近くによせて、けいたい音楽プレーヤーを首にかけてやった。音楽が鳴っているのが、アーサーにもわかった。

ミスターP《ピー》は、目をぱちぱちさせ、首をかすかに上下にふりはじめた。それから、かたほうの前足をシートに置《お》いて、音楽に合わせて、リズムをとりはじめた。ロージーは、ヘッドホンをそっと

ミスターP《ピー》の両耳にかけてやった。ミスターP《ピー》は、鼻を左右にふって、
クゥーン、クゥーンと、変《へん》な声を出している。

「歌ってるつもりじゃないか？」

トムは、笑《わら》いだした。

「オンチね」

エルサが、けちをつけた。

「ねえ、このクマ、どこから来たの？」

ロージーが、きいた。

「うちの前にいたんだよ」

アーサーがこたえると、トムとロージーが、
たずねた。

「なんで？」

「どうやって？」

アーサーは、かたをすくめた。それを知りたいのは、アーサーのほうだ。

5 ズルルッ!

アーサーは、お母さんとリアムが校門のところで待っていることに、気づかないふりをした。でも、ミスターP《ピー》がバスからぴょんとおりるなり、リアムはとびはね、大きな声で鼻歌をうたいだした。ミスターP《ピー》は、まだロージーのヘッドホンをしたままで、おしりをふりふり、おどりながら、リアムに近づいていく。

リアムも、ミスターP《ピー》といっしょに、おどりだした。

アーサーは、シロクマを学校に連《つ》れてくるのが、ほんとうにいい考えだったかどうか、自信《じしん》がなくなってきた。アーサーは、うつむいた。あながあったら入りたい気分だ。

「べつに、いいじゃん」

トムがいった。

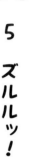

「あいつら、ふつうに、楽しんでるだけだよ」

「だけど、みんなに笑《わら》われるし」

「そりゃ、しかたないさ。シロクマのダンスだぜ？　かなり笑《わら》えるよ」

アーサーは、かたをすくめた。自分でも、リアムのことを意識《いしき》しすぎだという気はする。顔を上げてみると、たしかに、トムのいうとおりだ。みんながミスターP《ピー》を指差《ゆびさ》しているけど、ミスターP《ピー》が気にしているようすはない。リアムは、教室に入るまで、ずっと楽しそうだった。月曜の朝にしては、これはたしかに上出来だ。リアムがもう平気だとわかると、アーサーは、ミスターP《ピー》を自分の教室に、ひっぱっていった。そして、ドアの前で立ちどまり、耳からヘッドホンをはずしてやった。

「いい子にしてね。歯を見せて笑《わら》うのもだめだよ。クラドック先生がこわがるから」

担任《たんにん》のクラドック先生は、予定外のことが起こるのは、好《す》きじゃない。クラドック先生にしてみれば、月曜の朝、教室にシロクマがあらわれるなんて、予定外もいいところ、しかも、きけんな話だ。ミスターP《ピー》が教室に入っていくと、先生は持っていた本を手から落とし、子どもたちを教室のすみに集めて、その前に両手をひろげて立った。

「みんな、落ちつくんだ」

クラドック先生の声は、ふるえている。

「落ちついて！」

でも、だれも落ちついてなんかいないし、いちばん落ちつかなきゃならないのは、クラドック先生だ。教室のさわぎは、どんどん大きくなっていき、ミスターP《ピー》も、ぴりぴりしはじめた。ミスターP《ピー》はやさしいクマだと説明《せつめい》したくても、先生は、つくえやいすでバリケードをつくるのにいそがしくて、ぜんぜんきいてくれない。ミスターP《ピー》は、バリケードの前をうろうろし、前足でたたいたりしはじめた。アーサーは、なんとかそれをやめさせようとしたけれど、いくらいってもだめだ。教室のさわぎは、ますますひどくなる。ミスターP《ピー》も、どんどん落ちつきがなくなって、とうとう、うしろ足で立ちあがり、**ガオーッ**、と大きな声をあげた。

「たすけてえ！」クラドック先生の悲鳴が、ひびきわたった。「たすけてくれえ！」

すぐさま、教室の入り口に、校長先生があらわれた。みんな、とたんに静《しず》かになった。ミスターP《ピー》も。

「まあまあ、いったいなにごとですか、クラドック先生？」

校長先生にきかれて、クラドック先生はふるえながら、バリケードのかげから、ミスターP《ピー》を指《ゆび》差《さ》した。

アーサーが前に進みでて、説明《せつめい》した。

「校長先生、このクマはミスターP《ピー》といいます。シロクマです。ホッキョクグマです」

ミスターP《ピー》は、アーサーに教わったとおりに、前足を差《さ》しだした。校長先生は、その足をぎゅっとつかんで、大きくあくしゅした。

「お会いできてうれしいわ、ミスターP《ピー》。わが校へ、ようこそ」

ミスターP《ピー》はきっと校長先生が大好《だいす》きになるだろうな、とアーサーは思った。

校長先生は、バリケードのほうに目をうつした。

「あら、クラドック先生。一時間目は建築《けんちく》の勉強でしたっけ？」

「あー、いや、そ、その……これはただ、えーと……」

クラドック先生は、ミスターP《ピー》のほうに、頭をかたむけてみせた。校長先生は、かたほうのまゆを上げて、その先を待ったけれど、クラドック先生は、何をいおうとしたか、わすれてしまったようだ。

「クラドック先生、わが校はダイバーシティ、つまり、さまざまな個性《こせい》を、かんげいします。ここにホッキョクグマをむかえられたのは、たいへんすばらしいことです。わたしたちは、ミスターP《ピー》から学ぶところがあるでしょうし、ミスターP《ピー》も、わたしたちからいろいろ学ぶことでしょう。さあ、みなさん、あたたかくかんげいしてあげましょう。はじめておむかえする、このめずらしいお客さまに、喜《よろこ》んでいただけるようにね。どこかの動物園とはちがうってところを、お見せするのです」

「いや、**ほんとうなら**、そいつは、動物園に連《つ》れていくべきじゃ……」

校長先生は、冷《つめ》たい目でクラドック先生をじろりと見て、みんなにいった。

「さあさあ、教室をもとにもどして、いつもどおり、勉強をはじめましょう」

ミスターP《ピー》はつくえやいすをおして、もとの位置《いち》にもどすのを手つだった。校長先生は、みんなに「静《しず》かに席《せき》につきなさい」といった。

「さて、みなさんの中には、これまで、あまりホッキョクグマとふれあう機会《きかい》のなかった人も、いると思います。ミスターP《ピー》に学校になれてもらうために、わたしたちが知っておくべきことがあるかどうか、アーサーにきいてみましょう」

アーサーは、赤くなった。自分がほかのみんなより、よく知っているかどうか、自信《じしん》がなかったんだ。なにしろ、ミスターP《ピー》がアーサーの家に来てから、まだ一日しかたっていない。それに、ミスターP《ピー》なら、もうすっかり学校になれたみたいだ。教室の前のほうに行って、クラドック先生のソックスのにおいを、かいでいる。おかげで、クラドック先生は、よけいにおどおどしていた。クラドック先生の足は、魚のにおいでもするんだろうか？

「ええと、ミスターP《ピー》は……」

アーサーは話しながら、ミスターP《ピー》をクラドック先生から、ひきはなそうとした。でも、ぜんぜんうまくいかない。

「ミスターP《ピー》といるときにだいじなのは……ええと……ものごとをじゅうなんに考える、ということです」

それは、いつもリアムのことでアーサーの家をたずねてくる女の人から、きいた言葉だった。

「どうしたらミスターP《ピー》が喜《よろこ》ぶか、どんなときにこわがったり、おこったりするかを、まずは、よく気をつけて観察《かんさつ》してください。ホッキョクグマは、たまに予想外の行動に出ることがあるからです」

「とても参考《さんこう》になるわ」

校長先生は、うなずいた。

ミスターP《ピー》は、クラドック先生のくつをなめはじめた。先生は、いまにも気絶《きぜつ》しそうな顔だ。クスクス笑《わら》っている子もいる。アーサーは、ミスターP《ピー》にはずかしいことはやめてほしかった。そこで、話をつづけながら、ミスターP《ピー》のわきを、ぐいと強くついてみた。

「ミスターP《ピー》でも、こわがることがあります。何が起きているのかわからないときや、ミスターP《ピー》のきらいな音がするとき、クモを見たときなどです。おびえたり、おどろいたりすると、うなったり、ほえたりすることがあります。でも、ほかのときはきげんがよくて、に一っと笑《わら》ったりします。あ、笑《わら》うとこわい顔になるけど、ほんとはこわくないです」

ミスターP《ピー》は、クラドック先生のくつをなめるのをやめ、に一っと、**歯を見せて**笑《わら》った。

「さて」

校長先生がいった。

「ミスターP《ピー》が学校にいてくれるあいだに、いい機会《きかい》ですから、ホッキョクグマについての、全校活動をおこないます。このすばらしい動物のことを、いろいろ調べてみましょう」

ミスターP《ピー》はゆかにすわったまま、しゃきっと、せなかをのばした。なんだか、得意《とくい》げだ。

校長先生とクラドック先生で話しあったあと、クラスのみんなで、教室の読書コーナーに、ミスターP《ピー》のためのスペースをつくった。校長先生は、クラスの何人かを連《つ》れて図書室に行き、北極《ほっきょく》のことが書いてある本をかりて、ミスターP《ピー》のところにもどってきた。ミスターP《ピー》は、ビーズクッションにもたれて、みんながホッキョクグマについて、おもしろいことを山のように発見する、手つだいをしてくれた。前足の大きさをはからせたり、体の毛を調べさせたり、歯の数をかぞえさせたり。

クラドック先生は、地球がどんどんあたたかくなり、北極《ほっきょく》の氷がとけているせいで、ホッキョクグマのくらしがおびやかされているということを、かん

たんに説明《せつめい》してくれた。ミスターP《ピー》は、わかったような顔でうなずき、世界でいちばんの先生だとでもいいたげな目で、クラドック先生を見つめた。先生の話が終わると、ミスターP《ピー》は立ちあがり、前足ではくしゅした。クラスのみんなも、はくしゅをした。先生はおじぎをし、ミスターP《ピー》に「この、とてもしんこくな問題について、話すきっかけをつくってくれて、ありがとう」と、お礼をいった。ミスターP《ピー》も先生に頭をさげると、ふりかえって、アーサーに、ウインクのようなものをしてみせた。アーサーは、にっこりした。

その日が終わるころには、学校じゅうが、ミスターP《ピー》や、北極《ほっきょく》のことや、気候変動《きこうへんどう》や、海の氷がとけていることについて、話していた。アーサーは、ミスターP《ピー》をじまんに思った。校長先生は、アーサーのクラスに賞状《しょうじょう》をくれた。ミスターP《ピー》が早く学校になれるよう、みんなで協力《きょうりょく》したからだ。クラドック先生は、ミスターP《ピー》に、金の星のシールと、イワシのかんづめをくれた。みんなに親切にして、勉強を手つだってくれたことへのごほうびだ。先生はミスターP《ピー》に、明日もきてほしい、といった。

長く、たいへんな一日をすごしたミスターP《ピー》は、帰りのバスで、ぐっすりねむりこんでしまった。みんなは、ミスターP《ピー》のそばを通るとき、起こさないよう、つまさき立って歩いた。アーサーのお

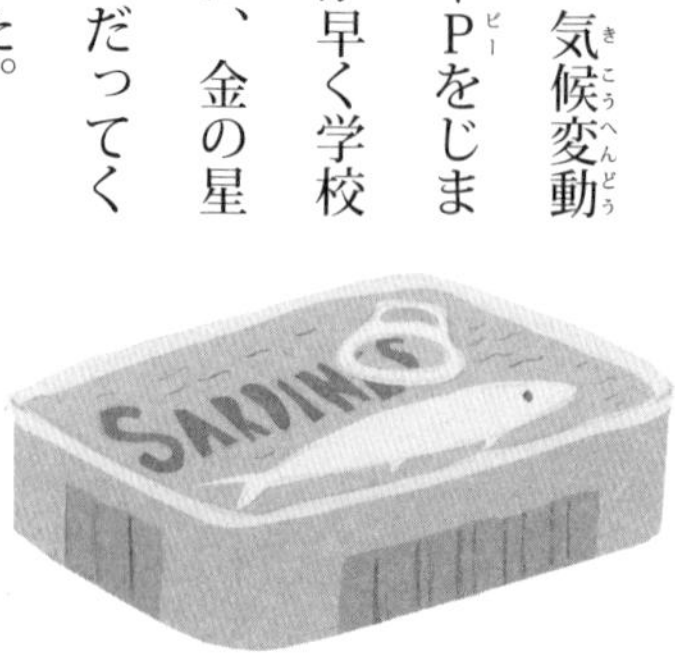

りるバスていに着くと、ミスターP《ピー》はねぼけまなこでバスをおり、アーサーの家まで、とぼとぼ歩いていった。そして、まっすぐガレージに行き、毛布《もうふ》の上にたおれこんだ。

「今日は、どうだった？」

アーサーが台所のいすに、どさっとこしをおろすと、お父さんがきいてきた。

「おもしろかったよ」

「それは、よかったたって意味かな？　それとも、よくなかったたって意味？」

「両方」

アーサーは、その日あったことをぜんぶ、お父さんにしゃべった。バスの中でのこと、バリケードのこと、全校活動のこと。それから、学校がどんなに楽しかったかと、ランチタイムに、ミスターP《ピー》がフィッシュ・アンド・チップスを食べ、デザートにチョコレートアイスを、大きな入れ物ごともらったこと。

「ほう。そりゃ、ミスターP《ピー》も、ずいぶん勉強になったろうね。それで、あのクマは、まだしばらく、うちにいるつもりなのかな？」

お父さんにきかれて、アーサーはかたをすくめた。ミスターP《ピー》がいなくなるなんて、考えたくない。だって、まだ来たばかりなんだから。

少しして、げんかんのドアが大きな音をたててあき、リアムが青いプラスチックのバケツを持って、よろめきながら入ってきた。ハアハア息を切らし、すごくこうふんしているようすだ。

「何が入ってるんだ？」

お父さんが手をかそうとすると、お母さんが首を横にふった。

「魚」

リアムはそういって、みんなにせなかを向けた。だれにも、バケツをさわらせようとしない。

「魚？」

お父さんがきくと、リアムは「ミスターP《ピー》の」とだけいって、バケツをガレージのほうに、運んでいった。

「リアムは今日、シロクマの食べ物について調べたのよ」

お母さんが説明《せつめい》した。

「先生から、リアムの作品を見せてもらったわ。リアムは、アザラシか、クジラか、セイウチを、ミスターP《ピー》のために持って帰る気だったのよ。でも、ありがたいことに、魚屋さんが、すてる魚の入ったバケツをくれたの。さがしてたものにいちばん近いのが、けっきょく、あれだったわけ」

アーサーと、お父さんと、お母さんは、リアムのあとをついていき、ガレージの戸口から中をのぞいた。リアムがバケツをおろすと、ミスターP《ピー》はそれにとびついた。大きな頭がかくれるくらい、バケツに顔をつっこんでいる。中の魚にがつがつむしゃぶりつき、しまいにバケツがからになると、リアムの前にでんとすわりこんだ。あと二センチで鼻と鼻がくっつきそうな、きょりだ。

アーサーは、息をとめて見まもった。ミスターP《ピー》の魚くさい顔が、リアムのすぐ目の前にある。

リアムはいったい、どうするだろう？　すると、ミスターP《ピー》が前足を上げ、リアムのほうに差《さ》しだした。リアムも、そうっと、手を前に出した。リアムの手のひらと、クマの大きな前足のうらが、ふれあった。リアムが、にっこり笑《わら》った。

アーサーは、びっくりした。リアムがハイタッチするところなんて、見たことがなかったから。

アーサーは、お父さんとお母さんをふりかえった。ふたりは、リアムとミスターP《ピー》を、とろけそうな目で見ている。アーサーは何かをけとばしたい気分になった。ミスターP《ピー》とリアムは、とても気

が合っているらしい。アーサーは、自分だけとりのこされたように感じた——また、いつものように。アーサーは、急にさびしくてたまらなくなった。

「ミスターP《ピー》に、おやつを持ってきてやったのか。いいアイデアだね。えらいぞ、リアム」

お父さんが、いった。

「じゃ、わたしたちも、お茶の時間にしましょうか」

お母さんが、いった。

アーサーは、お茶なんか飲みたくなかった。このまま、ガレージにいたかった。それで、みんなが行ったあと、アーサーはミスターP《ピー》の前にすわり、まじめな顔で向かいあった。ミスターP《ピー》も、まじめな顔で見つめかえした。

「今日一日、きみのめんどうを見たのは、ぼくだよ。きみをバスに乗せてあげたのも、教室できみのことをかばってあげたのも、ランチにフィッシュ・アンド・チップスとチョコレートアイスをもらえるようにしてあげたのも、ぼくだ。でも、ぼくに『えらいね』っていってくれた人が、ひとりでもいた？　いないよ。だれもいない」

ミスターP《ピー》は、ゆっくりと、まばたきした。アーサーのひと言ひと言に、耳をかたむけてくれているみたいだ。

「ぼくはいつも、学校でリアムの味方になってやってるけど、それだって、お父さんたちはぜんぜんわかってくれない。ふたりとも、いつだって、**リアム、リアム、リアム。**

リアムは今週、
ずいぶんごきげん
だったね

とか、

リアムは今日、
すばらしい絵を
かいたのよ

とか、

リアムは、
本読みをすごく
がんばっているね

とか。

ふたりが、ぼくがいることに気づくのは、ぼくが**悪いこと**をしたときだけだ。ねえ、ミスターP《ピー》……これって、不公平《ふこうへい》だと思わない？」

ミスターP《ピー》は、じっとアーサーを見た。アーサーは、ゆかから小石をひとつひろいあげ、手の上でころがした。アーサーは、ミスターP《ピー》にわかってほしかった。

「きみにも、どこかに家族がいるの？　きょうだいがいたりする？」

ミスターP《ピー》はしせいを変《か》え、もぞもぞと、アーサーに体を近づけた。

「だれもいないんなら、うちの家族にしてあげてもいいよ。きみがそうしたければ、だけど。ふたりで遊んだり、楽しいこと、いっぱいしよう。リアムは、ぼくがする遊びをあんまり好《す》きじゃないんだ。それに、ぼくの友だちは、うちに来たがらない。だって、ちょっとさ……」

アーサーは、ため息をついた。どうしたら、シロクマにわかってもらえるだろう？　友だちにリアムのことを説明《せつめい》するのは、むずかしいときがある。まったく知らない人に説明《せつめい》するほうが、まだかんたんだったりする。そのことを考えるだけで、アーサーはおなかがいたくなった。

「でも、きみが、リアムといっしょにいるほうがいいんなら、そうしてくれてもいいよ。ぼくなら、平気だから」

アーサーが小石を投げると、ガレージのコンクリートのかべに、カツンとあたった。ミスターP《ピー》は、うしろ足で立ちあがり、アーサーのほうにやってくると、前足をアーサーの体にまわし、つつみこむように、ぎゅうっと、だきしめてくれた。アーサーも、両うでを、めいっぱいのばして、ミスターP《ピー》を、ぎゅっとだきしめた。

ぎゅうっとだきしめることを「クマさんだっこ」っていうけど、ほんもののクマのだっこは、いやな気分をすいとってくれる。さっきまで、あんなに**いらいら**してたのに、いまはもう、すっきりした！

ミスターP《ピー》とリアムが仲《なか》よくしてるとこを見るのは、おもしろくなかった。でも、ミスターP《ピー》といろいろ話して、わかったんだ。ミスターP《ピー》は、やっぱり、リアムよりぼくのことが好《す》きなんだ。それか、ぼくたちを同じくらい好《す》きなんだよ。

ミスターP《ピー》が、いつでもリアムにやさしくしてやるから、リアムはきげんがいい。それは、いいことだ。だって、きげんがいいほうが、友だちができやすいから。リアムには、あんまり友だちがいないんだ。

だから、ぼくは決めた。これからは、**もっといいお兄ちゃん**になって、リアムにもっと友だちができるようにしてやる。

6　キック、キック、キック！

「週末《しゅうまつ》の大会には、ぜったい、ミスターP《ピー》を連《つ》れてきてね」

ロージーがいうと、トムもいった。

「みんな、ミスターP《ピー》が大好《だいす》きなんだ。きっと、おれたちのチームに幸運をもたらす、最高《さいこう》のマスコットになってくれるよ」

木曜の朝のことだ。ロージーと、トムと、アーサーは、ならんでバスに乗っていた。ミスターP《ピー》は、もうバスに乗るのになれて、三人のあいだのゆかにゆったりねそべり、ヘッドホンで音楽をきいている。その週はすごくいそがしかったし、アーサーはいい子でいることにいっしょうけんめいで、土曜日の大会のことまで考えるよゆうがなかった。

「でも、ミスターP《ピー》は、サッカーが好《す》きかなあ？　それに、幸運をもたらすかどうかなんて、わからないだろ？」

アーサーはいった。

「どっちでも変《か》わんないよ。なんたって、おれたち、いままで一度も勝ったことないんだから。それに、この前の週末《しゅうまつ》ほど、ひどいゲームにはなりっこないさ。あ、べつに、おまえをせめてるわけでも、なんでもないからな」

トムは、アーサーをちらっと見た。アーサーの顔が、かーっと熱《あつ》くなった。

先週の試合《しあい》は、ヒサンだった。アーサーたちのチーム、「ホークス」は、五対一で負けた。その日、リアムはこうふんしまくっていて、試合中《しあいちゅう》ずっと、大声で歌いつづけていた。アーサーはお母さんに、リアムをピッチから——もうちょっとだけでいいから——はなれたところに連《つ》れていってほしい、とたのんだんだ。でも、お母さんは、「べつにいいじゃない。だれも気にしないわ」というだけで、とりあってくれなかった。

それでも、アーサーは気になる。自分の弟があんな大さわぎをしているのに、どうしたらゴールを守るのに集中できる？　アーサーがはずかしい思いをしていることは、お母さんにもわかっているはずだ。アーサーが守っているゴールにボールが向かってくるたび、リアムの歌のボリュームが上がる。そうなると、アーサーは完全《かんぜん》に、気が散《ち》ってしまう。けっきょく、アーサーは一点もふせげなかった。ただの一点も。それが、事実だ。

「今週末《こんしゅうまつ》、ぼくが試合《しあい》に出るかどうかも、まだわからないし」

アーサーがいうと、ロージーは、心底《しんそこ》おどろいた声を出した。

「出なきゃ、だめよ。アーサーがいないと、こまるわ。チーム一のキーパーなんだから」

「ひとりしか、キーパーはいないけどね」

アーサーは、むすっとして、いった。

「おい、元気出せよ。少なくとも、ミスターP《ピー》を連《つ》れてきてくれたら、ベストマスコット賞《しょう》くらい、もらえるかもしれないぜ」

トムが何度もつつくので、アーサーもつい、笑顔《えがお》になった。

「ほんというと、ベストマスコット賞《しょう》なんてないけどね」

エルサが、三人の話にわって入った。

「だいたい、ほんもののクマを幸運のマスコットにするのは、法律《ほうりつ》できんしされてると思うけど」

「そんなの、知るかよ。勝手にルールを決めんな。おれたちがうらやましいだけだろ？　おまえんとこのマスコットは、つまんないぬいぐるみのクマちゃんだもんな」

トムがいいかえした。

「少なくとも、あたしたちのクマは、くさい息をはいたりしないわよ」

エルサは、つんと、えらそうな顔をした。

くやしいけれど、エルサはサッカーが、ものすごくうまい。くやしいけれど、エルサは「ウェイクフィールド・ワンダラーズ」のメンバーだ。くやしいけれど、そこはリーグトップのチームで、土曜日の大会でも、優勝《ゆうしょう》まちがいなしといわれている。

「でも、どうやって、ミスターP《ピー》を試合《しあい》会場まで連《つ》れていく気だよ？　うちの車には乗せられないよ？」

その問いには、ロージーがこたえた。

「考えてあるわ。うちのお兄ちゃんが、ピックアップトラックに乗せて、運んでくれるって」

ロージーのお兄さんのジョノは、建設関係《けんせつかんけい》の仕事をしていて、休みの日は、ホークスのコーチもしてくれている。ジョノのトラックは、すごくかっこよかった。

「ぼくも乗っていい？」

アーサーは前から、ジョノのトラックに乗ってみたいと、思っていたんだ。

「そしたら、お母さんがリアムを連《つ》れてくる必要《ひつよう》なくなるし」

すると、ロージーがいった。

「なんで、リアムを連《つ》れてこないの？　リアムは、うちのチームのベストサポーターなのに」

アーサーは、ロージーをまじまじと見た。いまのは、じょうだんだよね？

「雨の中、サイドラインに立って歌ってくれる人なんて、ほかにいないわ。まずいプレーをしてもおうえんしてくれるのは、リアムだけよ」

「いいプレーをしてるときだって、おうえんしてくれる人は、少ないけどな」

トムが笑《わら》った。

「だまってなさいよ。よけいなことをいうわね。とにかく、ミスターP《ピー》があたしたちの幸運のマスコットになってくれるんだから、きっと、スコアがのびると思うの。なってくれるわよね？」

ロージーは、おいのりをするときのように、両手を組んだ。

「お願《ねが》いします！」

「考えとくよ」

アーサーは、こたえた。ロージーとトムは、どんなときでも、何があっても、うじうじなやんだりしない。アーサーは、ふたりがうらやましかった。

その日、アーサーは、じっくり考えてみた。休み時間、ミスターP《ピー》のようすを見ていると、リアムが遊びの仲間《なかま》に入るのを、手つだってやっていた。遊びはじめると、みんなはすぐに、ミスターP《ピー》やリアムといるのを、楽しいと思ってくれたみたいだ。ミスターP《ピー》は、教室にもどるリアムにも、そっとつきそってくれていた。ミスターP《ピー》がいっしょなら、なんでもいつもよりうまくいくみたいだ。たいていのことなら。

ミスターP《ピー》のサッカーのうでまえも、たしかめておかないと。もし、ミスターP《ピー》が、マスコットになるとすれば――「もしも」だけど――少しはサッカーのことを知っていないと、こまる。そこで、学校が終わると、アーサーは物置《ものおき》からボールを出して、庭でドリブルをはじめた。

ミスターP《ピー》は、しばらくそれを見ていたけれど、やがて、

ひょこひょこはねるように、アーサーのあとをついてきて、右に、左に、動きながら、アーサーからボールをうばおうとした。どうやら、運動は得意《とくい》らしい。クマにしては、の話だけど。ミスターP《ピー》にとられないよう、ボールをキープするのは、なかなかたいへんだ。アーサーは、楽しくなってきた。

つぎに、アーサーは**リフティング**をやってみせた。シーズン中、ずっと練習してきたんだ。その成果《せいか》を見せられるのは、うれしかった。

「ボールを地面につけないようにするんだよ」

そういって、アーサーはボールをけった。

右から左……左から右……。

「こんなふうに、ひざをつかってもいいんだ……頭でもいいよ。おっと、いまのは失敗《しっぱい》。でも、ぼくのいってること、わかるよね？」

ミスターP《ピー》は、アーサーの動きをじーっと見ている。

「やってみる?」

アーサーは、ボールをトスした。ミスターP《ピー》はまず、アーサーがやったように、庭をドリブルしてまわった。それから、うしろ足で立ちあがり、ふさふさ毛の生えた足で、こうごにボールをけりはじめた。……六……七……八……九……十。それから、ボールをひざにうつして、十一……十二……十三……十四……。アーサーは、あごが地面につきそうなほど、おどろいた。それから、思わず笑《わら》いだした。シロクマのリフティングだなんて、まったくどうかしている。

「お父さん、お母さん、リアム!」

アーサーは、大声をあげて、家の中にとびこんだ。

「見てよ、ミスターP《ピー》を! **すっごいんだよ。**ぼく、カメラとってこないと。写真とるんだ。きっと、いいのが……」

かいだんを半分ほど上がったところで、とつぜんひらめいた。いい写真がとれたら、おもしろサッカー写真コンテストに、おうぼできるかもしれない。

アーサーがカメラを持ってもどってきたときには、みんな庭にいた。ミスターP《ピー》は前足のあいだにボールを置《お》いて、静《しず》かにすわっている。

お父さんが、両手をひろげて、いった。

「で？　何を見ればいいんだ？」

「待ってて」

アーサーは、カメラをリアムにわたすと、ボールをとり、数回ひざでけりあげたあと、ミスターP《ピー》のほうにけった。

「さあ、もう一度やってみせてよ」

アーサーにうながされて、ミスターP《ピー》はボールを足から足、ひざからひざと、こうごにけりあげたあと、鼻先にのっけて、バランスをとった。いつまでも、のせていられそうだ。すばらしい。ミスターP《ピー》は、リフティングの名人だ。これなら、最高《さいこう》のチームマスコットになれる。アーサーが、カメラをとろうとふりかえると、もうリアムが、つづけざまにシャッターをおしていた。

「こっちにかして、リアム、さあ！」

でも、リアムは、シャッターを切りつづけている。

「リアム！」

アーサーは、カメラをとりあげようとした。

それでも、リアムは、はなそうとしない。

お父さんがいった。

「持たせといてやりなさい。せっかく、リアムがきげんよくしてるんだから」

「でも、ぼくのカメラだよ。たんじょう日に、おじいちゃんからもらったんだ。それに、ぼく――」

その先はいえなかった。ミスターP《ピー》が、アーサーたちのほうに、ボールを思いきりヘディングしたからだ。アーサーは、目にもとまらぬ速さでボールを受けとめ、守った――カメラを、いや、リアムの顔を。もしかすると、その両方を。

「ナイスセーブ！」

お父さんが、声をかけた。

「土曜日もその調子でな。そうすれば、かならず勝てる」

その言葉に、アーサーのむねは大きくふくらんだ。アーサーはにっと笑《わら》って、お父さんにこういった。

「そうだといいな。チームのみんなが、ミスターP《ピー》に幸運のマスコットになってほしいって、いってるんだ。ジョノがピックアップトラックで、むかえにきてくれるらしいよ」

「そうか。サイドラインにほんもののシロクマがいるところを見たら、相手チームはビビるだろうな！」

アーサーは地面を見つめて、ちょっと考えた。

「土曜日、リアムも来ないとだめかな？　いじわるでいってるんじゃないよ。でも、リアムがいると、ゲームに集中できないときがあって……それに、今度のは大きな大会なんだ。人がいっぱい来るし、すごくうるさいと思う。リアムはいやがるんじゃないかな」

お父さんは、アーサーのかたに手をまわした。

「つらいときがあるのは、わかるよ。だけど、リアムはおまえがプレーするのを見るのが、好《す》きなんだ。置《お》いていったりしたら、あいつがどんなにがっかりすると思う?」

「でも――」

お父さんは、それ以上《いじょう》いうなというように、アーサーのくちびるに指をあてた。

「リアムは、だいじな家族の一員だ。おまえだってそうさ。みんながじゅうなんに考えて、ものごとがなるべくうまくいくようにする必要《ひつよう》がある。むずかしい問題にぶちあたったときは、おたがい協力《きょうりょく》しあうんだ」

「でも、いつだって問題だらけだよ」

いいかえすと、お父さんはアーサーのかたをぐっとつかんだ。

「いまも問題か?」

ミスターP《ピー》は、おもしろいしぐさをつぎつぎやってみせている。

リアムは、カメラをかまえている。ミスターP《ピー》は、かたほうの前足をこしにあて、もうかたほうの前足に上手にボールをのせて、ポーズをとった。

「いまは、問題ないよ。ぼくが心配なのは、土曜日のことなんだ」

7 パン!

土曜日、アーサーはいつもより早起きした。大会に行くのに、ミスターP《ピー》をできるだけ見ばえよくしてやろうと思ったんだ。アーサーは、洗面所《せんめんじょ》に、せっけんと、歯みがき粉《こ》と、おふろ場のそうじにつかうブラシを、とりにいった。タオルも何まいかつかみ、それをぜんぶかかえて、庭に出た。

それから、ガレージのドアをあけ、頭だけつっこんで大声でよんだ。

「起きろ、ミスターP《ピー》! したくをするよ」

ミスターP《ピー》はあくびをし、のびをして、アーサーのあとについて、ガレージを出た。お父さんはいつも、庭でつかうホースをぐるぐるまいて、物置《ものおき》のわきに置《お》いている。アーサーは、じゃぐちをひねって、水が出てくるのを待った。

「ちょっと冷《つめ》たいかもしれないよ。かくごしてね」

ミスターP《ピー》は、ホースの先っぽを見つめていた。それで、氷のように冷《つめ》たい水がいきおいよくとびだしたとき、ま正面から顔にあびてしまった。ミスターP《ピー》は水をはきだし、目をまんまるにして、それから、にーっと笑《わら》った。水が冷《つめ》たいのは、ぜんぜん平気みたいだ。シャワーのように全身に水をかけ、せっけんでごしごしあらってやると、くすぐったそうに体をよじったり、くねらせたりする。ミスターP《ビー》は、せっけんのあわが七色に光って、顔の前をとんでいくのを、目で追った。

「もう少しで終わりだからね」

アーサーは、ミスターP《ビー》の毛皮についた最後《さいご》のあわを、あらいながした。

それから水をとめ、ホースをもとどおりにくるくるまいた。ミスターP《ビー》は身をかがめると、思いきり**ぶるぶるっ**と体をふるった。

「**ちょっと待って！**」

とめようとしても、むだだった。ミスターP《ビー》は、体の毛を左

右におどらせて、大きなふん水のように、庭じゅうにしぶきをとばした。ようやく体をふるうのをやめたときには、前足をコンセントにつっこんで感電したみたいなすがたになっていた。アーサーも、びしょぬれ。

「なんで、こんなことするんだよ」

アーサーはもんくをいいながら、さかだった毛を、タオルでなでつけてやった。ミスターP《ピー》がうれしそうに、にーっと笑《わら》ったから、つぎの仕事は、やりやすくなった。アーサーは、歯みがき粉《こ》のチューブをとって、おふろそうじのブラシに、一本分をぜんぶしぼりだし、ミスターP《ピー》の歯みがきをはじめた。ミント味の歯みがき粉《こ》が青色のしたにつくと、ミスターP《ピー》は、ぶるぶる頭をふった。目がちょっと、より目になり、大きくかたで息をしながら、歯をカチカチ鳴らしている。

「だいじょうぶ。こんなのたいしたことないよ。ほら、赤ちゃんじゃないんだから」

アーサーは、もう一度ごしごしやろうとしたけど、ミスターP《ピー》は鼻にしわをよせ、そっぽを向いてしまった。

「エルサに、息がくさいなんて、ケチつけられるのは、いやだろ?」

エルサの名前を出すと、ミスターP《ピー》は大きく口をあけ、ブラシを入れさせた。

「はい、おしまい。じゃあ、口をゆすいで、はきだして」

アーサーは、ミスターP《ピー》の口の横から、ホースをつっこんだ。

ミスターP《ピー》は、あわだった水を地面にだらだらこぼし、口の中からミント味が完全《かんぜん》に消えるまで、ガッ、ガッ、ガッと、はきだした。

「歯みがき、かんりょう！」

アーサーは、タオルで口のまわりをふいてやり、鼻をきれいにみがいてやった。

ミスターP《ピー》は、アーサーにぴっかぴかの笑顔《えがお》を向けた。

一時に、ロージーとジョノが、ピックアップトラックでむかえにきた。運転室《うんてんしつ》のうしろが、屋根のない荷台になっている車だ。車体の横には、

よりよい未来《みらい》をきずく ―― JW《ジェイダブリュ》建設《けんせつ》サービス

と書いてある。

「ね、シロクマを運ぶのに、ちょうどいいでしょ」

ロージーが、荷台のゲートをおろした。

アーサーが、ガレージの二まいのドアを大きくひらくと、ミスターP《ピー》がお日さまの下に出てきた。

「うわあ！　すてきよ、ミスターP《ピー》」

ロージーは、おどろきの声をあげた。

アーサーが荷台にとびのると、ミスターP《ピー》もそのあとについて、荷台によじのぼった。ロージーはアーサーにヘッドホンをわたし、「風よけよ」といって、ジョノのゴーグルもかしてくれた。アーサーは、ミスターP《ピー》の耳にヘッドホンを、目にはゴーグルをかけてやり、首にホークスの緑と白のしましまのマフラーを、まいてやった。最後《さいご》にもう一度、おかしなところはないかチェックして、アーサーは荷台をおりた。ジョノはゲートをきちんとしめると、まかせとけというように、ミスターP《ピー》に親指を立ててみせた。

ピックアップトラックが、速度を上げながら、遠ざかっていく。ミスターP《ピー》は、風を受けながら、鼻先をつんと上に向けている。マフラーが、うしろにひらひらなびいている。

そのようすに、アーサーは、笑《わら》いださずにいられなかった。そして、思った。自分もミスターP《ピー》といっしょにトラックに乗っていけたらいいのに、自分にもジョノのようなきょうだいがいればよかったのに、と。

リアムは、げんかん前に立っていた。両手で目をおおっている。

「だいじょうぶだよ、リアム。ミスターP《ピー》なら、心配いらない。試合《しあい》会場で会えるよ」

アーサーは、少しでも早く出発したかった。それには、リアムがパニックを起こさないようにしなくてはならない。だけど、リアムはだいじょうぶそうには見えなかった。目をおおっている両手を、何度も、はずしたり、もどしたりしている。

「どうしたんだよ、リアム？　ぼくがサッカーするとこ見にいくの、好《す》きだろ？」

アーサーは、あせる気持ちをおさえようとしたけど、それは、むずかしいことだった。なんとかリアムを車に乗せなきゃならない。大会の会場に行かなければ。いったん、リアムがパニックを起こすと、その理由を見つけるのも、むずかしいことがある。ミスターP《ピー》が、ここにいてくれたらいいのに。ミスターP《ピー》なら、どうすればいいか、わかるはずだもの。

「ミスターP《ピー》とやってたみたいに、庭をお散歩《さんぽ》する？」

ためしに、そういってみた。リアムはミスターP《ピー》と歩くのが好《す》きなようだし、そうすると、たいていのことはうまくいったから。

はじめ、リアムは不満《ふまん》そうだったけど、歩いているうちに、だんだん落ちついてきた。

「試合《しあい》を見にいく？」

アーサーは、きいてみた。

リアムは、こくんとうなずいた。

「試合《しあい》は、二時にはじまるんだ」

アーサーは、リアムにうで時計を見せた。

「つまり、あと三十分だよ」

リアムは、またうなずいた。

「だから、行かないとね」

リアムは、また両目の上で指をぱたぱたさせ、「カメラ」といった。

「カメラ？　ぼくのカメラを、持っていきたいの？」

リアムは、うなずいた。アーサーは、大会のあいだ、リアムにカメラを持たせたままでだいじょうぶか、心配だった。でも、それでリアムが車に乗ってくれるなら、いまはそのほうがだいじだ。

アーサーは大急ぎで、二階からカメラをとってきた。

「ほら、リアム。たいせつにあつかうんだよ。約束《やくそく》できる？」

「できる」と、リアムはこたえた。

「それじゃ、まず車に乗って、試合《しあい》会場まで行かないとね。でないと、ミスターP《ピー》がサッカーボールでおもしろいことするのを、見られないよ。わかる？」

「わかる」

リアムは、アーサーにつづいて車に乗りこみ、自分でシートベルトをしめた。お父さんは会場までレーサーのように車をとばし、なんとか時間にまにあった。

着いたときには、ちゅう車場はほとんどいっぱいで、すごく**たくさんの**人がいた。

アーサーは小走りで、チームのみんなのところへ行った。ミスターP《ピー》のまわりに、人だかりができている。ミスターP《ピー》は、チームのウォーミングアップに参加《さんか》していた。とんだときに両手両足を大きく広げる「スタージャンプ」を、熱心《ねっしん》にまねしている。見ている人たちは、手をたたいて、声えんを送っていた。

そのとき、スピーカーがいきなり、ガリガリ……キィーンと、耳ざわりな音をたてたかと思うと、大会の主さい者の声が、大音量《だいおんりょう》でひびきわたった。主さい者は、集まった人にお礼をのべると、第一回戦《せん》の開始を告《つ》げた。ミスターP《ピー》がロージーのヘッドホンをつけたままでいてくれて、よかった。だけど、スピーカーからは、大きな音で、まだ放送がつづいている。リアムのことが気がかりだ。リアムは、ピッチのわきでうずくまり、両手で耳をおさえていた。お母さんがいっしょうけんめい、リアムをなだめるようすを見ていると、アーサーは心配で、おなかがねじれるような気がした。アーサーのカメラは、しばふの上にほうりだされている。

アーサーのチームは集合し、ミスターP《ピー》をまん中にして、試合前《しあいまえ》の円じんを組んだ。それから、ミスターP《ピー》はハイタッチでみんなをピッチに送りだし、サイドラインのサポーターに、にーっと笑《わら》いかけた。ミスターP《ピー》は、チームマスコットという役目を、とてもまじめに受けとめている。そのことも、アーサーを不安《ふあん》にさせた。もし、ホークスがいい試合《しあい》をできなかったら、みんなはミスターP《ピー》のせいにするかもしれない。いや、せめられるのは、アーサーかもしれない。何があっても、

チームのみんなをがっかりさせるわけにはいかなかった。アーサーは、リアムに、ぜったい、ぜったい、ぜったい、さわぎを起こしてほしくなかった。今日だけは、ぜったいに。

ホイッスルが鳴って、最初《さいしょ》の試合《しあい》がはじまった。みんなが動きだし、スピーカーからひびいていたかん高い音はやんで、気がつくと、ミスターP《ピー》と、リアムと、お父さんが、ピッチのまわりをゆっくり歩いていた。

アーサーのチームがいいプレーをするたび、ミスターP《ピー》は足をとめ、短い**ダンス**をおどった。ホークスがボールをうばわれたときは、**ガルル**とうなって、両目を前足でおおった。

サポーターもすぐに、このルールをのみこみ、ミスターP《ピー》といっしょに、おどったり、うなったりしはじめた。もっとうれしいのは、リアムが、いまはちゃんとカメラを手に持って、写真をとっていることだ。アーサーは、少しかたの力がぬけた。

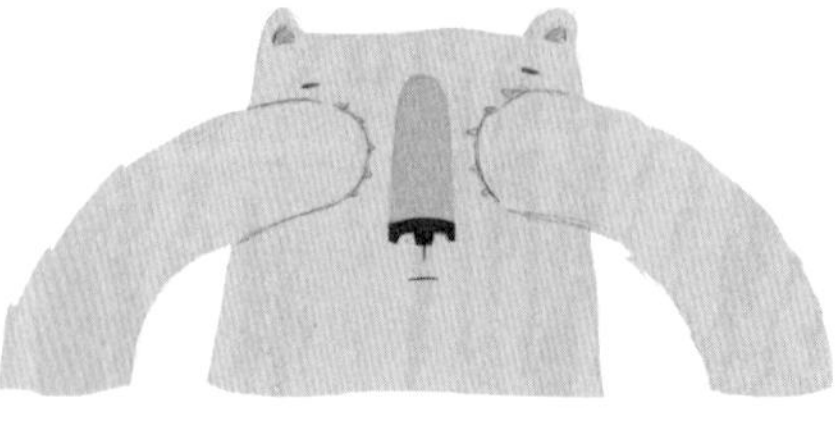

ロージーが最初《さいしょ》のゴールを決めると、アーサーも試合《しあい》が楽しくなってきた。つぎには、自分が相手チームのシュートをセーブできたので、もっと気分がよくなった。一回戦《せん》で勝利《しょうり》をおさめると、もう最高《さいこう》の気分だ。ミスターP《ピー》が、おどっている。リアムが、おどっている。ホークスのサポーターも、みんな、おどっている。ミスターP《ピー》は、ほんとうに幸運のマスコットなのかもしれない。問題なんて、何も起こらない気がしてきた。アーサーとチームのみんなも、いっしょに勝利《しょうり》をいわおうと、ミスターP《ピー》にかけよった。

そのとき、スピーカーがまた、大きな音で鳴りだした。

まいごのお知らせです。本部テントで、

３さいくらいの女の子を、おあずかりしています。

お心あたりのかたは……　**キィーーーン**

……１回戦《せん》、おつかれさまでした。つぎの試合《しあい》がありま……

……すみやかに、いどうを開始してくださ……　**キィーーン**

キィーーーン

その音は、リアムにはうるさすぎた。アーサーは、自分の家族のそばからほかの人たちがはなれていくのが、見える気がした。リアムは、すさまじい雑音《ざつおん》をどうにかしてしめだそうと、体を前後にゆらしている。お母さんはなんとかしてあげようと必死《ひっし》だけど、リアムはそれもおしのけてしまう。アーサーは、両手をぎゅっとにぎりしめた。

ロージーとトムは、心配そうにアーサーを見た。

「リアムにヘッドホンをさせたら、どうかな？」

ロージーがいった。

「いいと思うよ。リアムがはめさせてくれれば、だけどね」

「やってみようぜ」

トムがいった。

「もう、やってみたよ」

アーサーは、家でお父さんとお母さんが、リアムの耳に何かはめさせようと、さんざんやったことを、思いだした。でも、ふたりとも、もうずいぶん前にあきらめてしまったのだ。「どっちみち、そんなことをしても意味ないわ」と、お母さんはいう。リアムは、とつぜん鳴りだす音にも、なれなくてはいけないからだ。だけど、こういう音は、またべつだろう。

ミスターP《ピー》も、そわそわしはじめた。リアムが苦しんでいるのが、いやなのだ。ミスターP《ピー》は、リアムのそばにすわりこみ、頭を左右にふっている。放送はつづいていた。ミスターP《ピー》は、耳にはめていたヘッドホンをはずし、リアムに差《さ》しだした。

「だめ、だめ」

お母さんが、あわててとめた。

「それを、遠くにやって。ますますひどいことに、なるだけだから」

でも、ミスターP《ピー》は、考えを変《か》えたり、あきらめたりする気はないみたいだ。ヘッドホンを自分の耳にもどし、目をぱちぱちさせ、おかしなダンスをおどる。それからまた、リアムにヘッドホンを差《さ》しだす。ミスターP《ピー》は、同じ動作を何度もくりかえした。まばたきし、おどって、リアムに

「どうぞ」とヘッドホンを差《さ》しだす。スピーカーから最後《さいご》の放送が流れるころには、ヘッドホンをつけているのはリアムで、耳をおさえているのはミスターP《ピー》になっていた。

みんな、信《しん》じられない思いだった。だけど、みんな、にこにこしている。

ロージーがいった。

「ほらね。ミスターP《ピー》は、どうしたらうまくいくか、ちゃんと知ってるのよ」

アーサーはミスターP《ピー》に、やったね、と親指を立ててみせた。

つぎの試合《しあい》がはじまった。今度も、リアムとミスターP《ピー》はおどりつづけ、ホークスのサポーターは、大きな声えんを送りつづけた。チームのだれもが、最高《さいこう》のプレーを見せた。アーサーは、ミスターP《ピー》には幸運のマスコットとしてのふしぎな力がある、と本気で信《しん》じはじめていた。ミスターP《ピー》は、観客《かんきゃく》をわかせることにいっしょうけんめいで、やかましさも気にならないみたいだ。

ホークスは、二回戦《せん》にらくらく勝利《しょうり》し、三戦《せん》目に進んだ。つまり、**決勝**に勝ちのこったという

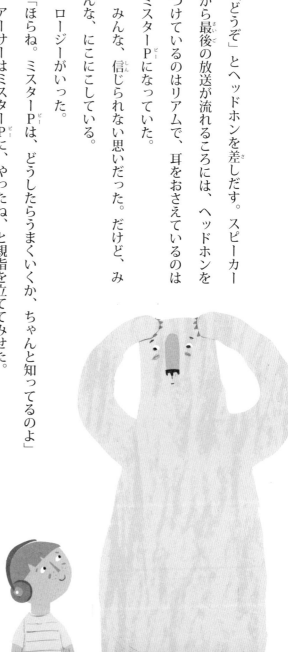

わけだ。

「ここまで来れたのは、はじめてね」

ロージーが、不安《ふあん》そうにいった。

「いったい、どことあたるのかしら？」

トムがこたえた。

「そりゃ、**ウェイクフィールド・ワンダラーズ**じゃないか？」

チームの大多数から、うめき声がもれた。ワンダラーズと戦《たたか》いたい子はいない。なにしろ、キャプテンがエルサだ。エルサは、勝つためなら**なんでも**する。

ホークスのメンバーは、集まって、最後《さいご》の作戦会議《さくせんかいぎ》をひらいた。それから、ミスターP《ピー》もいっしょに、チームみんなで手を合わせて、ハイタッチをした。みんな、やる気だ！　それぞれ走って、自分のポジションにつこうとしたとき、エルサが大きな声で、いやみったらしくいった。

「あんたたちのクマが、この試合《しあい》でもまだツイてるかどうか、見せてもらうわ」

アーサーには、その言葉にみんながカチンときているのがわかった。ミスターP《ピー》も、おこっているにちがいない。ピッチを出ていく前に、エルサをじろっと、けわしい目でにらみつけていったから。

ワンダラーズは強かった。すごく強かった。試合《しあい》は、開始直後から苦しいゲームになった。それでもホークスは、ぎりぎりのところでもちこたえている。ダーモットがトムにパスし、トムはいま、ゴールに向かって、ボールを運んでいる。だけど、まさにシュートしようとしたそのとき、エルサが強引にわりこんできた。トムはころび、顔面を打った。

みんな、ホイッスルが鳴るのを待っていた。これは、完全《かんぜん》にファウルだ！ ミスターP《ピー》は大きなうなり声をあげ、ホークスのサポーターは、しんぱんにもんくをいった。なのに、ゲームはつづいている。ボールはいま、ワンダラーズにわたっていた。

「トム、行くわよ！」

ロージーがさけんだ。

トムは、ひざをさすりながら、立ちあがった。ショックを受けているらしい。当然《とうぜん》だ。あのタックルは、どう見てもフェアじゃない！ どうして、しんぱんは見のがしたんだろう？ だけど、ロージーのいうとおりだ。トムがゲームにもどってくれないと、ホークスは、ほんとうにピンチにおちいってしまう。ワンダラーズは、ボールをパスでつないで、前進している。そして、エルサは**いつでも**ぜつみょうな位置《いち》にいるんだ。みんな、エルサをとめようとがんばったけど、それができるほど、テクニックがあってすばしっこいのは、トムのほかにいない。

ホークスのサポーターは、トムに声えんを送り、トムは、アーサーが守るゴールのほうへ、すごいいきおいで走ってくる。ワンダラーズの選手《せんしゅ》のひとりが、ペナルティエリアに切りこみ、エルサがシュートのかまえに入った。アーサーは、**絶体絶命**《ぜったいぜつめい》だ。トムは速い。でも、たぶん、エルサとゴールのあいだにまわりこめるほどじゃない。トムは、エルサのすぐうしろにせまった。そして、まにあわないとわかると、スライディングでボールをとろうとした。**まずい。**

エルサが悲鳴をあげて、たおれた。ころころと、ボールがころがる。

ホイッスルが鳴った。

ペナルティ！

アーサーは、両手で顔をおおった。トムには、同情《どうじょう》する。トムがどんな気持ちだったたか、わかるから。エルサが足をかけたのは、ぜったいフェアじゃない。だけど、どうしてトムは、あそこまでしたんだろう。きけんすぎる。いったい、何を考えていたのか。いま、エルサは、決められた位置《いち》にボールを置《お》いて、ペナルティキックのじゅんびに入っている。得点《とくてん》をふせぐことができるのは、アーサーだけ。最悪《さいあく》のじょうきょうだ。アーサーは、両手を大きくひろげ、上下に体をはずませて、どの方向にでもとびだせるよう、身がまえた。そのあいだにミスターP《ピー》は、できるだけゴールの近くに来ようと、サイドラインにそって、どすどすやってきた。

エルサは助走のため、しんちょうに、うしろにさがった。アーサーは、目をはなさずに、それを見つめている。ホイッスルがするどく鳴った。アーサーは、空《くう》を切ってとんでくるボールに、全神《ぜんしん》経《けい》を集中した。ボールが指先をかすめる。そして、アーサーの頭上をこえ、うしろに落ちたのが、わかった。

「ゴール！」

エルサが、ばんざいしながら、ぴょんぴょんとびはねている。

アーサーは、がくっとひざをつき、両手で顔をおおった。

ウェイクフィールド・ワンダラーズのサポーターは大喜《おおよろこ》びし、ホークスのサポーターは、れいぎとして、はくしゅを送った。でも、ミスターP《ピー》だけは、べつだ。不満《ふまん》そうな顔をしている。サッカーのルールは知らなくても、このゴールはカウントすべきでないと、わかっているらしい。ミスターP《ピー》は、ずかずかピッチに入ってくると、アーサーのわきを通りすぎ、まっすぐ、ネットのおくのボールに向かっていった。

パン！

ミスターP《ピー》は、ボールにするどい歯をつきたてた。

プシュ――――ッ！

空気がぬけて、ボールがしぼみはじめた。かわいそうに、ミスターP《ピー》はすっかりうろたえている。シューッという音は、なによりきらいなんだ。ヘッドホンをしていないから、その音をきかないわけにはいかない。ミスターP《ピー》は、口からボールをはずそうと、じたばたした。かぎづめがひっかかって、ゴールネットがやぶれた。もがけばもがくほど、ネットにからまる。じきに、ミスターP《ピー》はぐるぐるまきになり、動くこ

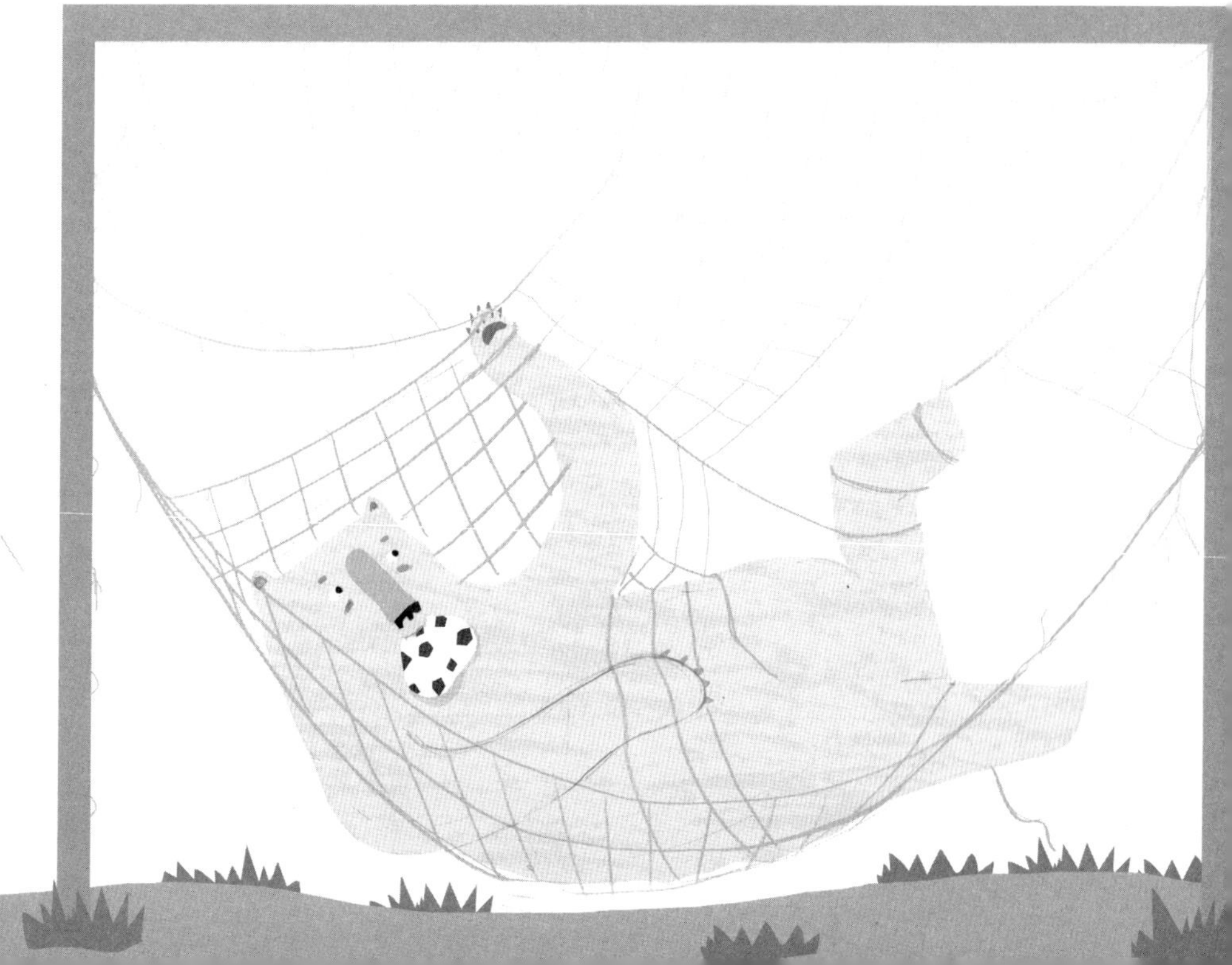

ともできなくなった。

ホークスのみんなが集まって、なんとかほどいてやろうとするのを、ワンダラーズのメンバーはうで組みをし、笑《わら》いながら見ていた。

アーサーは、ミスターP《ピー》にいった。

「自分が何をしたか、わかる？

これでぼくたち、ほんとにこまったことになるよ」

しんぱんが、思いきりホイッスルを鳴らし、選手《せんしゅ》をたい場させるときにつかう、赤いカードを出した。

アーサーは、いいかえした。

「たい場なんか、させられないよ。だって、選手《せんしゅ》じゃないんだもの。それに、いってもわからないさ。相手は、シロクマなんだから」

ところが、しんぱんも負けていない。

「クマだろうが、シャチだろうが、関係《かんけい》ない。大会中、こんな行動をとることは、だんじてゆるさないよ」

アーサーは、ネットごしにミスターP《ピー》をなでてやった。ネットにからまったのが、エルサならよかったのに。トムをわざところばせたんだから、そのくらいばちがあたっても、当然《とうぜん》だ。いままでのいじわる、ぜんぶひっくるめて、ばちがあたればいい。

ロージーとトムも、からまったネットをはずすのを、手つだってくれた。そのあいだに、ジョノはネットを直すのに必要《ひつよう》な道具を、車にとりにいった。

やっとたすけだしたものの、ミスターP《ピー》はぐったりたおれたまま、動かない。白い毛はどろだらけで、目はとじている。

「死んだんじゃないよね？」

アーサーがきいた。

ロージーが、ミスターP《ピー》のむねに耳をつけてみた。心臓《しんぞう》は、すごい速さで打っていた。

「だから、いったんだ。幸運をもたらしたりしないって」

「そんなこと、どうだっていいよ。遊びみたいなもんなんだから」

トムがいった。でも、どうだってよくはない。アーサーにはわかる。これは、だいじなことなんだ。だって、アーサーのチームは負けそうなんだから。

アーサーと、トムと、ロージーは、ミスターP《ピー》がピッチから出るのに、手をかしてやった。リアムはとびはねながら、大声で歌っている。ミスターP《ピー》を元気づけようとしているんだ。エルサはいまも、うで組みしたまま、チームメートに何かひそひそささやいている。

アーサーは自分にはらをたてていたけど、エルサのことは、もっとはらがたった。アーサーは、もう試合以外《しあいいがい》、何も考えないことにした。リアムが歌ったり、おどったりしても、気にしない。人の目なんか、気にしない。アーサーの頭にあるのは、エルサのチームをやぶり、この大会に優勝《ゆうしょう》することだけだ。

ハーフタイム直前、ロージーがゴールを決め、一対一になった。後半では、トムが点を入れて、二対一になった。ホークスは、この点差《てんさ》を守りぬくだけだ。アーサーは、早く試合《しあい》が終わるように願《ねが》った。残《のこ》り時間は、数分のはずだ。そのとき、ワンダラーズにボールがわたった。アーサーは、むねがドキドキしはじめた。ワンダラーズは、パスをつなぎながら、アーサーのいるゴールに向かってくる。ここでまた、エルサがボールを持った。おそろしいぎょうそうで、せまってくる。味方のディフェンスのすがたが見えない。アーサーの体に、きんちょうが走った。エルサに気持ちを集中する。ここで点を入れさせるわけにはいかない。

入れさせない。ぜったいに。

ボールが、エルサの足からはなれた。

ゴールのすみをねらって、ぐんぐん近づいてくる。

アーサーは地面をけって、

思いっきりジャンプした。

うでを、いっぱいにのばす。

1

なんとかとどいた。

アーサーは、ボールをはじきとばした。

守ったぞ！

守りきった！

最後《さいご》のホイッスルが鳴り、試合《しあい》が終わった。

ホークスが、勝ったんだ。

アーサーのもとにチームのみんながかけより、せなかをたたいたり、よくやったといってくれたりした。お父さんとお母さんが、サイドラインの外からさけんでいるのも、きこえる。アーサーは、ピッチを走る弟の小さなすがたを見つけた。カメラをかた目にあて、立ちどまっては、写真をとっている。やがて、アーサーの前まで来ると、両うでをアーサーのこしにまわして、ぎゅっとだきついた。リアムがしてくれたなかで、最高《さいこう》のハグだ。それに、いちばん長い！

「ありがとう、リアム」

アーサーは、声をあげて笑《わら》った。

「もう、はなしていいよ」

でも、リアムにはきこえない。まだ、ロージーのヘッドホンを耳につけていたから。

だけど、べつにいやじゃなかった。ミスターP《ピー》がやってきてから、いろいろあったおかげで、もうこんなことをはずかしいとは思わない。アーサーは、リアムにだきつかれたまま、ミスターP《ピー》をさがした。いったい、どこに行ったんだろう？　試合《しあい》が終わったとき、ピッチにいたのは、たしかだ。でも、いまはどこにも、すがたが見えない。

スピーカーが、キーンと鳴った。

みなさまに、ご案内《あんない》します！
大きなシロクマを連《つ》れて
ご来場になったかた、
いらっしゃいましたら、しきゅう、
アイスクリームはんばい車まで
おこしください。
きんきゅうじたいが、
発生しております！

アーサーは、はっとした。リアムのうでをひきはがすと、会場のいちばんはしめがけて、全力で走った。お父さんと、ロージーと、トムも、走った。遠くからでも、ひどいさわぎになっているのが、わかる。アイスクリームはんばい車のかた側《がわ》を半円形にとりかこむように、ものすごい人だかりができていて、大声でしゃべったり、笑《わら》ったりしている。アーサーは、人ごみをかきわけて進んだ。その先には、ナプキンとか、アイスキャンディーとか、いろんなものが散《ち》らばっていた。

「何やってんだよ、ミスターP《ピー》！」

とんできたプラスチックのふたをよけながら、アーサーはいった。ミスターP《ピー》は、チョコレートアイスの大きな入れ物に、鼻先をつっこんでいる。あたりにいくつも、からになったアイスの入れ物がころがっているところを見ると、これが一個《こ》めではないらしい。

「ミスターP《ピー》！」

お父さんが、きびしい声でよんだ。

ミスターP《ピー》は顔を上げ、にーっと笑《わら》った。鼻からアイスが、ぽたりと落ちた。いつもは白い歯が、こい茶色にそまっている。

アーサーは、笑《わら》いを必死《ひっし》にこらえた。笑《わら》っている場合ではないのだから。

お父さんは、なんとかアイスの入れ物をとりあげようとしたけれど、ミスターP《ピー》は

しっかりつかんではなさないばかりか、冷《つめ》たくてすてきな、茶色のぐちゃぐちゃの中に、また鼻先をつっこんでしまった。アーサーは、**ぶはっ**とふきだした。どうにもこらえられなかったんだ。

アーサーはあわてて口をおさえ、せきが出たふりをした。

はんばい車のまどのところに立っている、アイスクリーム屋のおばさんは、見るからに、とりみだしている。

「あのクマに、マナーくらい教えときなさいよ。どうぞってわたされるまで、ちゃんと待つよう、しつけないと。うちのアイスを、半分も食べちゃったのよ。食べてないのも、ほうりなげちゃったし。ぜんぶ、べんしょうしていただきますからね。それに、いますぐあのクマを、わたしの車のそばからどかしてちょうだい。でないと、けいさつをよぶわよ」

おばさんは、けいたい電話をとりだし、ふってみせた。

アーサーは笑《わら》うのをやめ、ミスターP《ピー》を動かしにいった。お父さんは、あわててさいふをにぎり、はんばい車のまどの前へ行った。

ミスターP《ピー》は、むしゃむしゃ口を動かすのをやめた。

アーサーは、からになったアイスの入れ物をけって、通り道をつくった。

「一日にこれだけ食べれば、じゅうぶんだろ、ミスターP《ピー》。これ以上《いじょう》食べると、虫歯になっちゃうよ」

ミスターP《ピー》が、まゆ毛をぴくっとさせた。

「うそじゃないから。だれかにきいてごらんよ。それに、ほかの人のぶんも、残《のこ》しといてあげなきゃ。アイスクリームが好《す》きなのは、きみだけじゃないんだからね。わかるでしょ？」

ミスターP《ピー》はうなだれ、なごりおしそうに、はんばい車のほうに目をやった。

いつのまにか、ジョノがお父さんのうしろにならんでいる。

「アイスクリームといえば、チームのみんなにも、ごほうびをあげなきゃね。おごってやるよ」

ホークスのメンバーは、

「やったあ！」

と、声をあげた。アイスクリーム屋のおばさんも、顔をほころばせた。どうやら、ちょっと気持ちが落ちついてきたらしい。おばさんは、お父さんが出したお金を数えて、金庫にしまうと、ジョノに注文をきいた。ジョノは、アイスクリームのコーンを、チームの全員に配った。でも、まだひとつ残《のこ》っている。

ジョノがいった。

「これは、リアムのぶんだよ。すばらしいサポーターぶりだったからね」

当のリアムは、ミスターP《ピー》の写真をとるのに、いそがしそうだ。くいしんぼうのクマは、口のまわりの毛についたチョコレートを、最後《さいご》のひとしずくまでなめとろうと、がんばっている。

アーサーはジョノからアイスを受けとると、リアムのところに持っていった。

「ほら、リアム。とくべつに、おまえのぶんもあるって。ジョノがお礼をいってたよ。おまえは、最高《さいこう》のサポーターだってさ」

にっこり笑《わら》ったリアムに、アーサーはいった。

「ミスターP《ピー》には、あげちゃだめだよ。ぐあい悪くなっちゃうからね」

ほんとうだった。ミスターP《ピー》の顔色が、ちょっと青ざめてきた気がする。シロクマの顔色なんて、よくわからないけど。ミスターP《ピー》は、それでも、うらやましそうにリアムを見ずにはいられないらしい。

「だめ！」

リアムはきっぱりいうと、ミスターP《ピー》にせなかを向けた。

ミスターP《ピー》はしばふに体をふせて、小さくうめいている。

ジョノがいった。

「さあ、おれたちの幸運のマスコットに、ばんざい三しょうだ。せーの……」

「ばんざい、ばんざい、ばんざーい！」

みんなが、声を合わせた。

8 クリック！

帰りの車の中で、リアムはアーサーのカメラを、手から手へころがしはじめた。落ちつきがなくなってきたしるしだ。

「カメラ、返したくなったら、返してくれてもいいよ」

アーサーはそういってやったけれど、リアムは返したくないらしい。

「それ、かしてあげただけだからね。あげたわけじゃないから。ねえ、お父さんからもいってよ」

でも、お父さんの返事はこうだ。

「けんかしないで。とにかくうちへ帰ろう。カメラのことは、そのあとだ」

アーサーは、口をぎゅっとむすんで、うしろのまどから外を見た。ジョノとロージーが、ピックアップトラックですぐあとをついてくる。うちに着くと、アーサーはそのまま家の前で待っていて、ミスターP《ピー》をおろすのを手つだった。ミスターP《ピー》の毛なみは、出かけたときのようにきれいでも、すべすべでも、なくなっていた。白い毛がもつれて、あちこちかたまり、草のしるで緑にそまっている。ミスターP《ピー》は、ぺっぺっと土をはきだした。土じゃなくて、チョコレートアイスかもしれないけど、どっちだかよくわからない。

「じゃ、月曜日にね」

そういって、ロージーが手をふった。

ミスターP《ピー》は、かたほうの前足を上げてあいさつすると、とぼとぼとガレージにもどり、横になった。アーサーは、そのそばにあぐらをかいてすわり、頭をなでてやった。

「アイスの食べすぎだと思うよ。でも、だいじょうぶ。すぐよくなるから」

ミスターP《ピー》がうめき声をあげたので、アーサーはクスクス笑《わら》った。

「今日は、ぼくたちのために、ありがとね。きみ、エルサがトムをわざところばせたと、思ったんだよね。ぼくたちも、みんなそう思ったよ。でもね、しんぱんが見てなきゃ、どうしようもないんだ。それと、これからのためにいっとくと、試合中《しあいちゅう》は、ピッチに入っちゃだめなんだよ。それに一回入った点を、なしにはできないんだ」

ミスターP《ピー》は、三回まばたきした。

「でも、きみは、リアムの相手が上手だね。ロージーのいったとおりかもなあ。リアムは、ぼくらのチームのベストサポーターかも。リアムが何か変《へん》なことをしても、気にする必要《ひつよう》ないんだよね。リアムが楽しければ、それでいいんだ。ほかの人だって、リアムがどういう子かわかれば、あいつはあいつらしくやってるだけだって、わかってくれる。気にしてるのは、ぼくだけなんだ。でも、それは、あいつがぼくの弟だからさ。どうしても、気になっちゃう。それは、しかたないよね？」

ミスターP《ピー》は、前足に鼻先をのせた。アーサーは、はらばいになって、あごを両手にのせた。

「もめごとを起こしたがるのは、エルサみたいなおばかさんだけだし、あんなやつ、相手

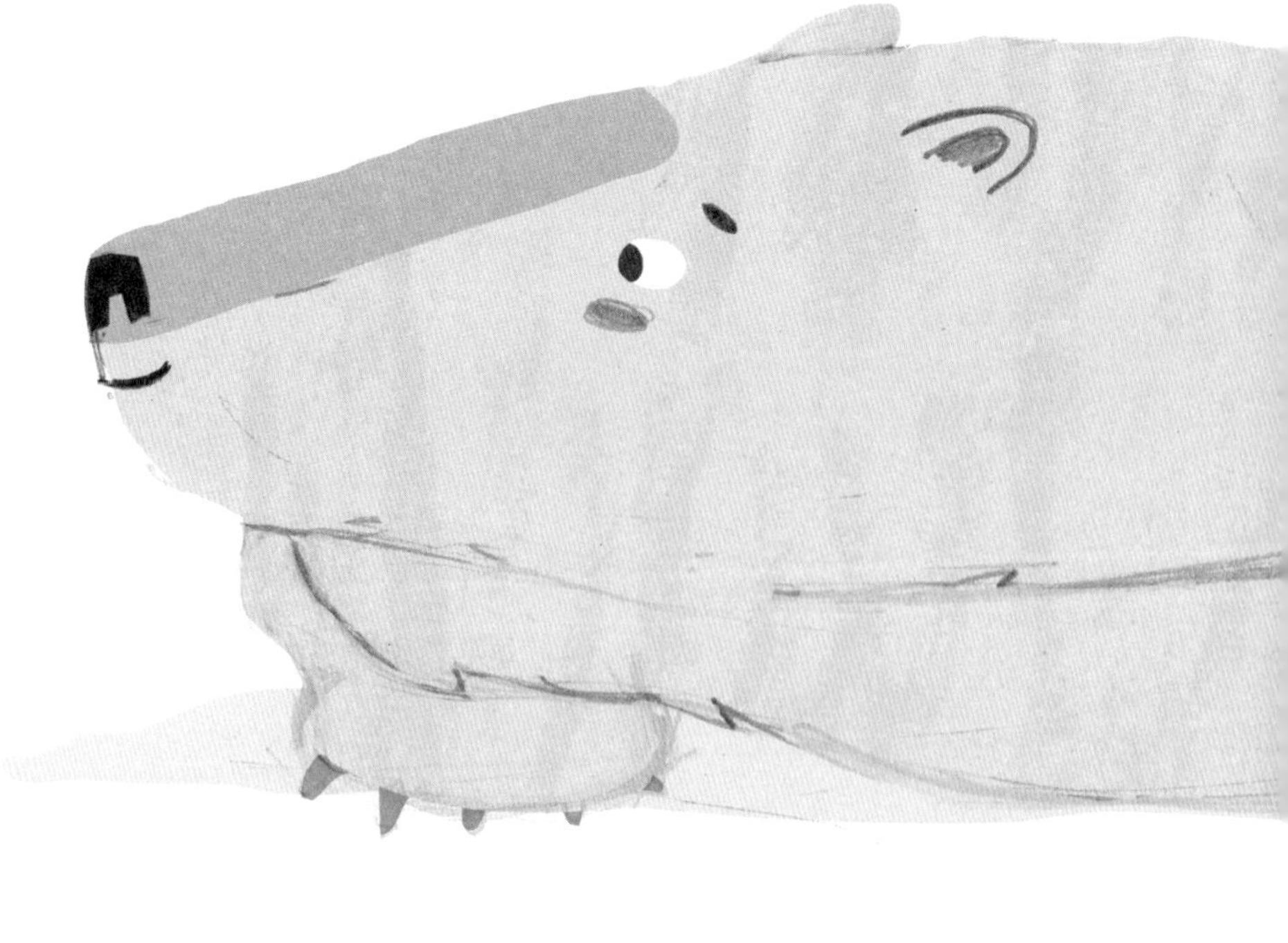

にするだけそんだって、思うことにしたんだ。なにしろ、ぼくたち、あいつのチームに勝ったんだからね！」

ミスターP《ピー》は頭を上げ、しめった冷《つめ》たい鼻を、アーサーの鼻にすりつけてきた。

アーサーの顔が、ほころんだ。

「知ってる？　きみの鼻、チョコレートのにおいがするよ」

ミスターP《ピー》は、ちょっとより目になり、ねんのために鼻の頭をぺろりとなめた。

「気持ち悪いのは、だんだんなおってくからね。これ以上《いじょう》、つまみ食いしようと思わなければ、だけど！」

「アーサー！」

家の中から、お父さんのよぶ声がした。

「こっちに来て、リアムがとった写真を見ないか？

いま、リアムがパソコンにダウンロードしてる。それがすんだら、カメラを持ってっていいぞ」

アーサーはくたくただったけど、カメラは返してほしかったし、リアムが何をとったのか、知りたかった。それに、たぶんミスターP《ピー》は、自分の写真なんて見たことがないだろう。

「行こう。見せたいものがあるんだ。きっと気に入るよ」

ミスターP《ピー》は、だるそうに体を起こし、アーサーのあとについて、リビングのドアのところまで行った。お父さんは、ふたりを見て、顔をしかめた。

「ミスターP《ピー》をこの部屋に入れるのは、どうかな。何かたおしそうだし――きっと、そこらじゅうの物をたおすぞ」

「でも、ミスターP《ピー》だって、写真を見たいんだ」

アーサーはいいかえした。リアムがいすの上でとびはね、手をたたきながら、

「ミスターP《ピー》、ミスターP《ピー》」

と、コールしはじめた。

お母さんがいった。

「はいはい、わかったわ。少し物をどければ、きっとだいじょうぶよ」

お父さんは、やれやれというように、てんじょうをあおいだ。お母さんとアーサーで、テーブルランプをふたつと、お母さんが集めている鳥の置《お》きものをいくつか、べつの場所に運んだ。お父さんが、いすを動かしてスペースをひろげてくれたので、ミスターP《ピー》も入れて、家族全員がパソコンの画面をかこんで、集まった。

「ぜんぶで何まいあったの？ダウンロードに、ずいぶん時間かかってたようだけど」

お母さんがきいた。

「百五十七まいだよ」

お父さんがこたえるのをきいて、アーサーは目をまるくした。

「マジで、リアム？　百五十七まいも？　どうかしてるよ」

リアムは、パソコンに集中している。リアムは、パソコンが好《す》きだ。キーをたたき、クリックして、写真を一まいずつ画面にうつしていく。

ミスターP《ピー》の写真が、画面いっぱいに表示《ひょうじ》された。ミスターP《ピー》はおどろいて、とびすさり、画面のシロクマに向かって、グルグルうなりはじめた。

「これはきみだよ。ばかなクマだなあ」

アーサーがいうと、ミスターP《ピー》は頭を左右にゆらした。最大のてきが目の前にいるとでも、思っているような顔だ。

「落ちつけよ、ミスターP《ピー》」

お父さんがなだめた。

つぎの写真があらわれると、ミスターP《ピー》はぎゅっと目をつぶった。それから、そうっと目をひらき、首をのばして、画面のにおいをかぎはじめた。ディスプレイが、いまにもゆかに落っこちそうだ。

「ここには何もないよ！」

アーサーは、ディスプレイを持ちあげ、ほんとにそこに何もないのを見せてから、またおろした。

「これは写真なの。ほんものじゃないんだ。きみがリフティングしてるとこを、リアムが写真にとったんだよ。おぼえてない？」

ミスターP《ピー》はぺたんとすわって、目をぱちぱちさせた。鼻がひくついている。でも、画面につぎつぎ写真があらわれると、ミスターP《ピー》は、ちょっとずつ笑顔《えがお》になった。

「なかなか写真うつり、いいじゃないの」

お母さんが、笑《わら》い声をあげた。

リアムは、どんどん先に進めていく。いま、画面にうつっているのは、大会会場でとった、ミスターP《ピー》の写真だ。まず、サイドラインでおどっているところが数まい、エルサのゴールのあと、ピッチにずかずか入っていくところが数まい、それから、ボールに歯をたてたところ。ネットにからまっているところがうつると、ミスターP《ピー》は両目をおおい、大きく鼻を鳴らして、いすのうしろにとびこみ、クッションの下に頭をかくしてしまった。

「ほう、だれかさんは、それを見せられると、にげだしたくなるみたいだぞ」

お父さんがいった。アーサーはかがみこんで、ミスターP《ピー》がかぶっているクッションのはしを、持ちあげた。

「平気だよ。そんな、頭くしゃくしゃにして、はずかしがることないよ。写真は、気に入らなかったら、消せばいいんだから。こっちに来て、ほかの写真を見よう」

だけど、ミスターP《ピー》は顔も上げないし、写真のつづきを見る気なんか、これっぽっちもなさそうだ。楽しい写真だってあるのに。ミスターP《ピー》は、画面から顔をそむけたまま、こそこそガレージにもどっていった。追いかけようとしたアーサーの前に、お母さんが手を出して、とめた。

「そっとしといてあげなさい。シロクマは、そもそも、ひとりを好《この》む生きものよ。今日は、こう

ふんすることがありすぎて、つかれてると思うわ」

アーサーはかたをすくめ、ちらっとドアのほうを見た。ミスターP《ピー》が元気ないのは、いやだ。

お父さんとリアムは、写真を最後《さいご》までチェックしおわった。リアムは、カメラとパソコンをつないでいたケーブルをぬいて、アーサーにカメラを返すと、いすからぴょんとおりて、部屋を出ていった。

「今日は、ミスターP《ピー》とリアムのおかげで、楽しかったな」

お父さんがいった。お父さんは写真を、最後《さいご》からもどりながら、もう一度見はじめ、アーサーは、その横にこしをおろした。じきにふたりは画面に見入り、いっしょに笑《わら》っていた。

「けっこうおもしろいのがとれてるぞ。これとか……これなんか！」

お父さんが手をとめたのは、ミスターP《ピー》が、鼻の頭にボールをのせている写真だ。

「これなら、おもしろサッカー写真コンテストにも、おうぼできるぞ。サッカーボールで芸《げい》をするシロクマの写真なんて、ほかのだれが持ってる？　こんなユニークな作品はないよ。それに、これを見たら、だれだって笑《わら》わずにいられないさ！」

お父さんの言葉に、アーサーはあんぐり口をあけた。アーサーも同じことを考えていたんだ。

「ほんと？　ほんとに、おうぼしていいの？　いまならまにあうよ。だけど、急がないと。しめきりは今日なんだ。先週、テレビでそういってた。優勝《ゆうしょう》して、のチケットをもらうんだ」

カップ戦《せん》決勝

アーサーは歌いだし、いすの上で、体を左右にゆらしはじめた。

「あわてるな。おうぼしたからって、勝てるとはかぎらないぞ」

お父さんがいった。

「でも、勝てるかもしれないじゃん。だれかは優勝《ゆうしょう》するんだから」

アーサーの言葉に、お父さんは、にやっとした。

「カップ戦《せん》決勝に行けるなんて、**最高《さいこう》だあ**」

アーサーがいうと、お父さんもいった。

「楽しいだろうな。とくに、シロクマがいっしょならね。だけど、いまはまだ、だれにもいうなよ。ふたりだけのひみつだ」

9 ピン！

ごおうぼを受けつけました。

優勝者《ゆうしょうしゃ》には

来週土曜日 午後0時

メールにて、お知らせいたします。

「これでよし。あとは、待つだけだ」

お父さんがいった。アーサーは、パソコンの画面から、目がはなせなかった。七日間も待てる気がしない。いまからの七時間だって、七分だって、どうやってすごせばいいか、わからないくらいなんだから。アーサーは、もし優勝《ゆうしょう》したら、と考えてみた。地元チームのマフラーをまいて、決勝戦《けっしょうせん》のおうえんに行くミスターP《ピー》が、目にうかぶ。ミスターP《ピー》は、そこでも幸運のマスコットになるかもしれない。

アーサーは、このことをだれかに話したくて、たまらなかった。ミスターP《ピー》になら、教えてもいいかも。ミスターP《ピー》なら、だれにもいわないだろうから。いや、やっぱりミスターP《ピー》にも、いわないほうがいいかもしれない。だまって、ただ待っているほうがいいかも。コンテストの結果《けっか》を、決勝戦《けっしょうせん》のチケットを手に入れられるかどうかを。もし、優勝《ゆうしょう》すれば――しないだろうけど――**もしも**優勝《ゆうしょう》して、チケットをもらうことができたら、ミスターP《ピー》に、最高《さいこう》のサプライズプレゼントをおくることができる。

アーサーはおどりながら、ガレージに、ごきげんななめのクマのようすを見にいった。さっきのはずかしい写真のことなんか、もうわすれてるといいけど。シロクマのきおく力って、どれくらいだろう？

ガレージのドアをあける前から、とてつもない大いびきがきこえた。アーサーは、足音をしのばせて中に入ると、しばらくのあいだ、ミスターP《ピー》のおだやかなね顔をながめていた。やっぱり、どんな写真より、ほんもののミスターP《ピー》がいい。

「おやすみ、ミスターP《ピー》。ぐっすりねなよ。クモにかまれたりしないよう、いのっててあげるね」

アーサーはほほえみ、音をたてないようにガレージを出て、そうっとドアをしめた。

それから、自分の部屋へ走っていって、幸運のクリスタルを手にとると、願《ねが》いごとをした。

「おもしろサッカー写真コンテストで、優勝《ゆうしょう》できますように」

そして、クリスタルをまくらの下に入れた。さあ、ここからは、お口にチャックだ。トムにも、ロージーにも、だれにも話すつもりはなかった。お母さんが、いつもいっている。だれかにしゃべったりしたら、願《ねが》いごとはかなわなくなるって。

でも、日記に書くのはべつだ。日記はたぶん、かんじょうに入らない。ともかく、この一週間を乗りきるためには、**何か**しなくちゃ、おさまらなかった。アーサーは、ひみつのかくし場所から日記ちょうを出して、何も書いていないページをひらいた。

結果発表《けっか》までのカウントダウン

いちばん右にそう書いて、その左に、

トップシークレット

と書いた。

その先の白いページに目をやると、これからの一週間は、うちゅうの歴史《れきし》がはじまって以来《いらい》、いちばん**長ーーい**七日間になるような気がして、ぞっとした。

日曜日。
家族みんなで、
リアムの大好《だいす》きな
場所に行った。
つまり、航空博物館《こうくうはくぶつかん》だ。

月曜日。
お父さんは、
リアムとミスターP《ピー》に、
ロージーのとおんなじ
ヘッドホンを買ってくれた。

火曜日。
ぼくは、お父さんとお母さんを
説得《せっとく》して、リアムと、
スクールバスで学校に行った。

水曜日。
学校から帰ると、お母さんが、
ぼくと、リアムと、ミスターP《ピー》を、
週に一度の路上市に、
連《つ》れていってくれた。

木曜日。
今日は、リアムのたんじょう日だ。
プレゼントは、自分せんようの
サッカーボールがいいというから、
ぼくのをあげた。

金曜日。
ぼくと、リアムと、
ミスターP《ピー》は、北極《ほっきょく》の勉強で
がんばったのをほめられて、
全校集会で、賞《しょう》をもらった。

あとひとつ、ねるだけ！
いよいよ明日だ。
あああああああああああああ。

土曜の朝、目ざめたときから、アーサーは、みょうな気分だった。おなかの中で、チョウチョが、はばたいているみたいだ。今日は最高《さいこう》の日になるのか――それとも、最悪《さいあく》の日になるのか。少しでも運をよくするにはどうしたらいいだろう？　アーサーはズボンをうしろ前にはき、T《ティー》シャツをうらがえしに着た。たしか、こうすると運が向くって、おじいちゃんがいっていたからだ。着がえが終わると、幸運のクリスタルをポケットに入れ、部屋を出て、かいだんをかけおりた。

リアムは、ミスターP《ピー》と庭にいた。お母さんは、新聞を読んでいる。お父さんは、朝ごはんをつくっているところだ。

「メール、チェックした？」

アーサーは、お父さんにきいてみた。

お父さんは笑《わら》って、「まだ早いんじゃないか？」というと、お母さんに見えないように、アーサーにウインクした。アーサーはぎゅうっと目をとじ、両手をかたくにぎりしめた。そうでもしないと、むねの中のわくわくやドキドキが、体の外にとびだしてきそうだ。

午前中は、時間がのろのろと、すぎていった。リアムが落ちついていて、アーサーのほうがじっとしていられないなんて、はじめてのことだ。お父さんは、みんなを公園に連《つ》れていってくれたけど、アーサーは遊ぶ気分じゃなかった。それで、池のまわりをミスターP《ピー》と歩いて三周し、リアムがブランコで、前に、うしろに、前に、うしろに、千回も行ったり来たりするのをながめていた。リアムがブランコをおりるのをいやがり、そこでひともんちゃくあったけど、最《さい》後《ご》にはミスターP《ピー》のせなかに乗ってくれたので、そのまま家まで帰った。げんかんの前に着くころには、十二時まであと七分という時間になっていた。

アーサーは、リビングにかけこみ、パソコンのスイッチを入れた。アーサーとお父さんは、かたをよせあって、画面を見つめた。

「だめでも、がっかりするなよ」

お父さんが、ささやいた。アーサーは、小さくうなずいた。

「チャンスは、ほとんどゼロだ」

お父さんは、親指と人差《ひとさ》し指で「0」のかたちをつくった。

「でも、**ほとんど**だよね」

アーサーは、その言葉をくりかえすと、お父さんのメールボックスの未読《みどく》メールに目を走らせた。つまらないメールばかりだ。「カップ戦《せん》」や「優勝《ゆうしょう》」の文字は見あたらない。お父さんのパソコンは、新しいメールがとどくと、いつも「**ピン！**」と音が鳴る。アーサーは、そのまほうのような音を待った。何もきこえない時間が、ずっと、ずっと、ずっと、つづいた。アーサーは、うで時計に目をやり、ポケットの中のクリスタルを何度もにぎりなおした。十二時まで、あと三十秒……二十秒……十秒。アーサーは目をとじ、いい知らせが来るように、人差《ひとさ》し指と中指を重ねるおまじないをした。

お願《ねが》い！　お願《ねが》い！

ピン！

小さな音なのに、アーサーは、いすからころげ落ちそうになった。お父さんは、かた手を口にあてながら、メールを開いた。

おめでとうございます！

アーサーは、頭に電気が走った気がした。

「信《しん》じられない！」

お父さんは、髪《かみ》をかきあげ、まゆをよせて、メールを読みなおした。それから、いきおいよく、いすから立ちあがった。アーサーとお父さんは、円をえがいて、おどりだした。

「やった、やった、やった！」

カップ戦《せん》決勝のチケットが三まい。しかも、運転手つきの車がむかえにくる。選手《せんしゅ》たちにも会える。こんなぜいたく、ゆめにも思ったことはない。アーサーは、ミスターP《ピー》に話すのが、待ちきれなかった。

お母さんがリビングのドアから、顔をのぞかせた。

「宝《たから》くじでもあたったの？」

「もっとすごいんだ。おもしろサッカー写真コンテストで、優勝《ゆうしょう》したんだよ！」

アーサーは、その場で、ダダダダッと足をふみならした。

「ミスターP《ピー》の写真を送ったんだ」

それをきいたお母さんは、お父さんを見た。お父さんは、かたをすくめた。

「軽い気持ちで、おうぼしたんだ。まさか、優勝《ゆうしょう》するなんて。でも、ほんとだよ。ほら、こっち来て、見てごらん！」

お母さんは、びっくりして、言葉も出ないようだった。アーサーをぎゅっとだきしめたあと、パソコンの画面をのぞきこんで、メールを読んだ。お母さんは、声をあげて、笑《わら》いだした。

「カップ戦《せん》決勝のチケット？　すごいじゃない！」

「ミスターP《ピー》に、教えてあげなきゃ」

「待って」

お母さんが、アーサーの手をつかんで、とめた。お母さんは、メールをもう一度、読みかえしている。

「どうしたの？」

アーサーがきいた。

「もらえるチケットは二まいよね？　だれが行くの？」

お父さんは、お母さんを見た。

「ひとりは、おとながついていかないとな。だったら、ぼくだろう。きみは、サッカーにはそれほど、きょうみがないんだから。ぼくが、アーサーとミスターP《ピー》を連《つ》れていくよ」

「リアムはどうなるの？　写真をとったのは、リアムでしょ？　あの子を置《お》いてくなんて、フェアじゃないわ」

お母さんがいうのをきいて、アーサーは、体をゆするのをやめた。うちょうてんだった気持ちが、少ししぼんだ。

「でも、じっさい、リアムを連《つ》れては行けないだろう？」

お父さんがいった。

「よく考えてみろよ。あの人ごみと大きな音が、リアムにとって、どれだけストレスになるか。カップ戦《せん》の決勝といえば、巨大《きょだい》イベントだよ」

お母さんは、まどの外を見た。庭では、リアムがミスターP《ピー》と、サッカーのまねをして、遊んでいる。

「わたしたち、たしか、こういってたわよね――リアムには、シロクマとくらすなんてむり、ヘッドホンをつけるのも、スクールバスで学校に行くのも、たいへんなストレスになるって。だけど、このごろのリアムは、いろんな問題をうまく乗りこえる方法《ほうほう》を、どんどん見つけてると思うの。わたしたち、いつもいってるでしょ？　子どもたちには、どんなことも不公平《ふこうへい》のないようにしましょうって。それなのに、リアムの大好《だいす》きなチームが決勝で戦《たたか》うってときに、お父さんたちは見にいくけど、あなたはるすばんしてね、だなんて、わたしの口からは、とてもいえないわ」

アーサーは、足もとに目を落とした。

「でも、お父さんが、ぼくとリアムを連《つ》れてくとしたら、ミスターP《ピー》はどうなるの？」

部屋の空気に、シロクマほどの大きさのちんもくが、のしかかった。

「ミスターP《ピー》を、のけものにはできないよ。だって、ミスターP《ピー》がいなかったら、あの写真はとれなかったんだもん。それだって、不公平《ふこうへい》じゃないか」

すると、お母さんはいった。

「おうぼする前に、ちゃんと考えておくべきだったのよ。賞品《しょうひん》のチケットは三まいだって、わかってたでしょう？」

「優勝《ゆうしょう》するなんて、思ってなかったんだよ」

お父さんが、大きな声を出した。アーサーは、お父さんとお母さんがけんかするのは、きらいだ。

お母さんはむねの前でうでを組み、そのうでをわざとらしく音をたてて、体にひきつけた。

「これは問題ね」

アーサーは、お父さんの顔も、お母さんの顔も、見たくなかった。こんな問題、どこかに行ってほしい。

お母さんは、アーサーの前にしゃがんで、両かたに手を置《お》いた。

「ごめんね、アーサー。あなたがどんなに喜《よろこ》んでるかは、わかるわ。ただ、どうするかを決めなきゃならないの。それだけよ」

アーサーはいった。

「ミスターP《ピー》に話してくる。ミスターP《ピー》なら、どうすればいいか、知ってると思う」

アーサーがどすどす出ていくのと入れかわりに、リアムが足音をしのばせて、リビングに入っていった。いいあらそっている声を、きいたのだろう。リアムは、落ちつきをなくしたときにいつもするように、体を前後にゆらしている。

「だいじょうぶ、リアム？」

声をかけてみたけど、案《あん》の定《じょう》、返事はなかった。

ガレージに入ると、アーサーは、バタンとドアをしめた。ミスターP《ピー》が、心配そうに、アーサーを見た。アーサーは、ため息をついた。

「あのね、カップ戦《せん》決勝のチケットが三まい、もらえることになったんだ」

アーサーは、なるべく明るい声をつくった。

「お父さんとぼくで、きみの写真を、おもしろサッカー写真コンテストに、送ったんだ。びっくりさせようと思って、ないしょにしてたんだよ」

ミスターP《ピー》は首をかしげて、話をきいている。

「でね、決めたんだ。お父さんと、きみと、リアムで行っておいで。じゃないと、不公平《ふこうへい》になるから」

自分の口から出た言葉なのに、アーサーは、うらやましさに気分が悪くなってきた。

ミスターP《ピー》は、ゆかにすわった。

「いまの、大喜《おおよろこ》びするとこだよ。わかってる？　こんなすごいことって、ないんだから」

でも、ミスターP《ピー》は、きょとんとしている。アーサーはいらいらして、いちばん近くにあるものをけっとばした。それは、ミスターP《ピー》のスーツケースだった。バタッと音をたてて、スーツケースがたおれた。けったつまさきが、いたい。

「なんで、ゆかのまん中に、スーツケースなんか置《お》いとくんだよ？」

アーサーは、たなにもどそうと、スーツケースに手をかけた。重い。ゆかから持ちあげるのが、やっとだ。かすかに、魚のにおいがする。アーサーは、急に不安《ふあん》になった。何かがおかしい。

ミスターP《ピー》は、大きな黒い目を上げて、アーサーの顔を見た。アーサーは、ミスターP《ピー》の鼻の上を、つーっと、なみだがつたうのを見た気がした。

「どうしたの？」
ミスターP《ピー》は三回まばたきし、前足をアーサーのほうに差《さ》しだした。かぎづめのひとつに、スーツケースについていた住所のタグが、ぶらさがっている。

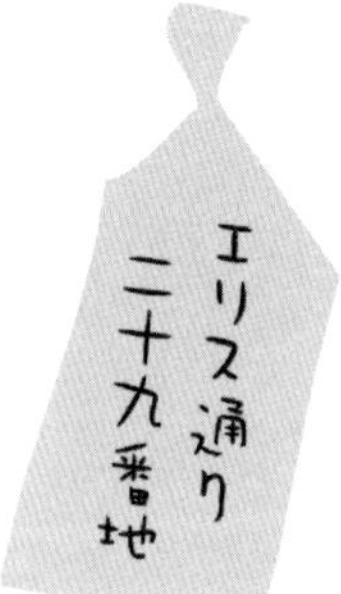

アーサーはほっとして、笑顔《えがお》になった。
「なんだ、そういうこと？　タグが、とれ

ちゃったんだね。心配ないよ。すぐ、つけたげる。あっというまだよ」

しゃがみこんだアーサーは、おや、という顔をした。スーツケースには、ちゃんとタグがついている。新しいタグだ。それには、こう書いてあった。

アーサーの知るかぎり、このあたりに、そんな名前の農場はない。

アーサーは、がばっと、ミスターP《ピー》の首にだきついた。

「ミスターP《ピー》！　もしかして、チケットのことで、ばかなけんかしてるの、きいてた？　あんなの、家族なら、よくあることだよ。少なくとも、ぼくのうちではね。きみが心配することないんだ。きみに出てってほしいとかどうとか、ぜんぜん思ってないからね」

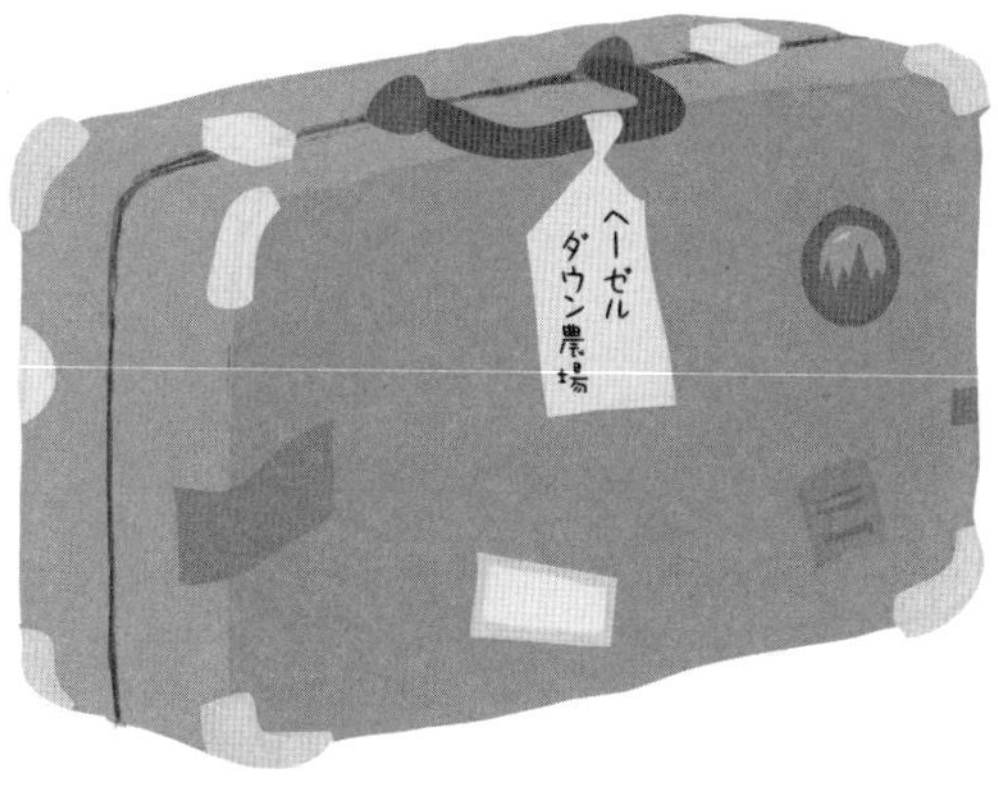

ミスターP《ピー》は、スーツケースをくわえて、こしを上げた。

アーサーは走っていき、ドアにせなかをつけて、立ちふさがった。

「ばかなことするなよ。ほら、スーツケースをたなにもどして。チョコアイス、とってきてあげるからさ」

ミスターP《ピー》は一歩前に出て、じっと待っている。アーサーは、いやな予感がした。すごく、ほんとにすごく、いやな予感がした。

「行かないでよ、ミスターP《ピー》！ そんなの、やだよ！

そんな農場、どこにあるのか知らないし、
そんなとこ行かせない、どこにも行かせない。

だってもう、ここがきみの家なんだから」

ミスターP《ピー》は、動かない。まばたきさえ、しない。じっと、アーサーの目を見つめている。アーサーも、その目を見かえし、はっと気づいた。ミスターP《ピー》は、ほんとうに行く気なんだ。何かいおうとしたけど、言葉がのどにつかえて、出てこない。大つぶのなみだが、ぽろぽろと、アーサーのほおをつたった。ミスターP《ピー》はざらざらした青色のしたで、そのなみだを、これ以上《いじょう》ないくらい、やさしくなめてくれた。

「農場ってどんなとこか、知ってる？　牛や、羊や、ブタがいるところだよ。ホッキョクグマがくらすとこじゃないよ。

ねえ、ぼくの話、きいてる？」

ミスターP《ピー》は三回まばたきし、前足をアーサーのかたに置《お》いて、にっこりした。ふたりは少しのあいだ、そのまま顔を見あわせていた。アーサーは、くちびるをふるわせながら、なんとか笑《わら》いかえした。

頭のどこかで、行かせてあげなきゃ

だめだ、という声がする。ミスターP《ピー》が行くと決めたのなら、アーサーにも、だれにも、とめることはできないんだ。

アーサーはガレージのドアをあけ、わきによけた。そして、ミスターP《ピー》といっしょにろうかを歩いて、げんかんまで行った。このげんかんに、そして、アーサーの毎日に、ミスターP《ピー》がころがりこんできたのが、昨日《きのう》のことのように思える。お父さんと、お母さんと、リアムは、リビングにいる。リアムが楽しそうに、ロケットの発しゃ音をまねする声がきこえる。

ミスターP《ピー》が、前足を口もとにあてた。「シィィィィィ」と、いっているみたいだ。

アーサーは、泣《な》き声をこらえた。こみあげてくるものを、ぐっとのみくだすと、あごがわなわなふるえた。アーサーは、ふるえる手でげんかんのかぎをあけ、ドアを大きくひらいた。

「さよなら、ミスターP《ピー》」

アーサーは、そっとお別《わか》れをいった。

「きみがほんとに行っちゃうなんて、まだ信《しん》じられないよ」

ミスターP《ピー》は、しめった鼻の先でアーサーのぬれた鼻にふれると、立ちあがった。

そして、一歩外にふみだすと、白い毛におおわれた大きな体でげんかんをふさいだまま、空気のにおいをかいだ。それからミスターP《ピー》は、スーツケースをにぎり、ゆっくりと去っていった。

10 ハイタッチ

アーサーは、ぼうぜんとしていた。だれとも話したくなくて、まっすぐガレージにもどって、すわりこんだ。ガレージの中はがらんとして、なんの気配もなく、ひろびろと感じられた。ゆかから、シロクマの細い毛たばをひろいあげ、指先でくるくるまわしてみる。アーサーは、おしりの感覚《かんかく》がなくなるまで、その場にすわっていた。お母さんが入ってきて、アーサーをだきしめた。何かあったと気づいているような、だきしめかただ。

「ミスターP《ピー》が、行っちゃった」

アーサーが、ぼそっといった。

「行っちゃった？　それ、ほんとなの？」

アーサーは、なさけない気持ちで、かたをすくめた。

「スーツケースに、新しいタグがついてたんだ。それに**ヘーゼルダウン農場**って、書いてあった」

「そう」

お母さんは、からっぽのガレージを見わたして、ため息をついた。

「ねえ、お母さん、ヘーゼルダウン農場って、どこにあるか知ってる？」

アーサーの問いに、お母さんは、こうこたえた。

「さあ、どこかしら。でも、そこは、シロクマしか知らない場所のような気がするわ」

アーサーは、そででなみだをぬぐい、鼻をすすった。お母さんのいったことは、正直、よくわからない。

「だけど、またもどってくるでしょ？」

すると、お母さんは、アーサーをだく手に力をこめた。

「いいえ。たぶん、もう帰ってこないわ」

「お母さんが、出てけっていったの？」

アーサーは、ぞっとして、お母さんをおしのけた。

お母さんは、首を横にふった。

「だれも、ミスターP《ピー》に指図《さしず》なんかできないと思うわ。ミスターP《ピー》は、自分でさとったのよ」

アーサーは、ごちゃごちゃになった頭の中を、なんとか整理しようとした。

「ぼくが、何か悪いことしたのかな？」

お母さんは、ゆかにひざをつき、アーサーの手を自分の手の中につつみこんだ。

「ううん。あなたは何もまちがってないわ。ミスターP《ピー》のめんどうを、ほんとによく見てあげてた。ミスターP《ピー》のいい友だちになってあげたし、ミスターP《ピー》もあなたのいい友だちだったでしょう。思いだしてごらんなさい。あなたは、いままでにないけいけんを、たくさんしたし、わたしたちみんな、いろんなことを学んだわね。ミスターP《ピー》は、もう自分がいなくてもだいじょうぶだと思ったんじゃないかしら。それだけのことよ。ここを出て、またどれかのうちに行くときが来たの。あなた以上《いじょう》にミスターP《ピー》を必要《ひつよう》としている、だれかのところにね」

「リアムだって、ぼく以上《いじょう》に、ミスターP《ピー》を必要《ひつよう》としてるよ」

「でも、ミスターP《ピー》にはわかってたんだわ。あなたとリアムがもう、おたがい、ちゃんとたすけあえるって」

そのとき、ギィィとドアがあき、リアムが入ってきた。リアムは、アーサーの横にこしをおろした。足がふれあうくらい、近くに。

「おまえも、あのクマのこと、大好《だいす》きだったろ?」

アーサーは、きいてみた。

リアムは、自分のむねをかかえこむようにして、前後にゆっくり、体をゆらしはじめた。アーサーは、はじめてリアムの気持ちがわかるような気がした。アーサーはいった。

「なんか、ぼくたち、ふたりきりになっちゃったね。ミスターP《ピー》は、これをのぞんでたのかもな」

リアムは、体をゆらしつづけている。アーサーは、なんとかリアムを元気づけてやりたかった。

「ぼくとお父さんといっしょに、カップ戦《せん》の決勝を見に行く? テレビで見るんじゃないよ。

ほんとに行くんだよ」

リアムの体の動きがとまった。

「アーサー、先にちゃんと話しあったほうがいいんじゃない?」

お母さんが、くぎをさすようにいった。でも、アーサーは、かまわずつづける。

「ぼくは、リアムと行く。おまえ、サッカー見るの、好《す》きなんだよね? この前の大会とおんなじようなもんだよ。ただ、もう少し大きな試合《しあい》なんだ。人も、もう少し多い。それに、もう少し、やかましいと思う。けど、うんと、うんと、おもしろいんだ。いままで見たどの試合《しあい》より、おもしろいよ。ヘッドホンと、ぼくのカメラを持ってくといいよ。でさ、ぼくたちの好《す》きなサッカーの歌、ぜんぶうたおう」

リアムは、鼻歌をうたいだした。

「アーサー！」

きつい声を出したお母さんに、アーサーはいいかえした。

「チケットをむだにすることないよ。ミスターP《ピー》が出てったのも、むだにしたくない」

アーサーは、かた手を上げて、リアムの前に出した。

「ハイタッチ？」

「ハイタッチ」

リアムがまねをする。それを見て、お母さんはいった。

「ふたりとも、自分のやってることが、ちゃんとわかってるといいけど」

11 オーッ!

サッカースタジアムは、満員《まんいん》だ。アーサーと、リアムと、お父さんは、特別席《とくべつせき》にいる。

アーサーのポケットには、幸運のクリスタルが入っていた。この石があると、ミスターP《ピー》がそばにいるような気がするんだ。

リアムは、耳にヘッドホンをしっかりはめ、手にカメラを持って、めいっぱい大きな声で鼻歌をうたっている。だいじょうぶそうだ——いまのところは。

アナウンサーの声が、スタジアムにひびきわたった。

「今日は、スペシャルゲストを、おむかえしています。おもしろサッカー写真コンテストの優勝者《ゆうしょうしゃ》——リアム・マローズくんと、アーサー・マローズくんです。優勝《ゆうしょう》作品は、ミスターP《ピー》を写した、この一まいです」

リフティングをしているミスターP《ピー》の写真が、いきなり、巨大《きょだい》スクリーンに、うつしだされた。オーッという声が、スタジアムをかけめぐる。まわりのだれもが笑《わら》い声をあげ、はくしゅをした。アーサーは、リアムを軽くつつき、スクリーンを指差《ゆびさ》した。

ミスターP《ピー》の写真に気づくと、リアムはぴょんと立ちあがって、おどりだした。カメラがさっと、リアムとアーサーがすわっているVIP《ビップ》席《せき》のほうを向き、巨大《きょだい》スクリーンに、リアムとアーサーのすがたがうつった。アーサーは赤くなり、リアムのシャツをひっぱって、すわらせようとしたけれど、リアムはすっかりはしゃいでいて、いうことをきかない。だけど、いいじゃないか。アーサーも、思いきって席《せき》を立ち、いっしょにおどりだした。

両チームの選手《せんしゅ》が、ピッチに走りでる。大きなかん声があがった。リアムを見ると、ぴょこぴょこ、かた足ずつ、とびはねている。もしかすると、ふつうの弟じゃ、たいくつかもしれない。ふつうとちがう弟のほうが、もっとずっとおもしろい——たいていの場合には。

ホイッスルが鳴った。

試合《しあい》開始だ。

ミスターP《ピー》もこれを見てたらいいな、とアーサーは思った。たとえ、ミスターP《ピー》が、いまどこにいるとしても！

リアムとぼくは、いまも、ミスターP《ピー》に会いたくて、たまらない。もし手紙を送れるなら、ぼくは、こんなふうに書く。

大好《だいす》きなミスターP《ピー》へ

ぼくたちの家に来てくれて、ありがとう。きみがずっとここにいてくれたらよかったのにって思ってるし、きみにすごく会いたい。きみが、ヘーゼルダウン農場で、楽しくくらしてるといいな。でも、エリス通り二十九番地ほど、いごこちよくはないと思うから、きみのものをいろいろ、ガレージに残《のこ》してあるよ。きみが帰りたくなったときのためにね。クモたちもきっと、きみに会いたがってるよ(ハハハ、これは、じょうだんだからね)。

ぼくと、リアムと、お父さんで、カップ戦《せん》の決勝に行ってきたよ。コンテストに優勝《ゆうしょう》したきみの写真が、でっかいスクリーンに、うつったんだよ。きみにも見せたかったなあ。

いつかぼくたちに会いにきてね。

アーサーより

×（鼻のくっつけっこのしるし）
○（クマさんだっこのしるし）

PS《ピーエス》　リアムはあれから毎日、スクールバスで、学校に行ってるよ。

PS《ピーエス》その2　エルサがぼくを、たんじょうパーティーによんでくれたんだよ！

（でも、行くかどうかは、まだ決めてないんだ。どうしたらいいと思う？）

PS《ピーエス》その3　この手紙を、きみに送れるといいのに。

それから、アーサーは日記ちょうをとじ、たいせつにしまった。だれも知らない、ひみつのかくし場所に。

■作家　**マリア・ファラー**

英国の児童書、ＹＡ作家。ユニバーシティ・カレッジ・ロンドンで音声言語科学を学び、言語聴覚士、教師として学校や病院に勤務。のちにバース・スパ大学で児童書の創作を学び、修士号を取得。2005年に“Santa's Kiwi Holiday”で作家デビュー。作品に“A Flash of Blue”、“Broken Strings”など。邦訳は本書がはじめて。

■画家　**ダニエル・リエリー**

ポルトガル在住の英国人イラストレーター。アーツ・インスティテュート・アット・ボーンマス（現在のアーツ・ユニバーシティ・ボーンマス）で学んだ。ロンドンで３年間、イラストレーターとして働いたのち、ポルトガルに移住。イラストを担当した児童書に、“This is a Serious Book”、“Emma Jane's Aeroplane”などがある（いずれも未訳）。

■訳者　**杉本 詠美（すぎもと えみ）**

広島県出身。広島大学文学部卒。おもな訳書は、『テンプル・グランディン 自閉症と生きる』（汐文社、第63回産経児童出版文化賞翻訳作品賞を受賞）、『クリスマスを救った女の子』（西村書店）、『色でみつける名画の秘密』（あかね書房）など。

装丁　白水あかね
協力　有限会社シーモア

スプラッシュ・ストーリーズ・32

シロクマが家にやってきた！

2017年12月25日　初版発行

作　者　マリア・ファラー
画　家　ダニエル・リエリー
訳　者　杉本詠美
発行者　岡本光晴
発行所　株式会社あかね書房
〒101-0065　東京都千代田区西神田 3-2-1
電　話　営業(03)3263-0641　編集(03)3263-0644
印刷所　錦明印刷株式会社
製本所　株式会社難波製本

NDC 933　176ページ　21 cm

ISBN978-4-251-04432-7

https://www.akaneshobo.co.jp

ホッキョクグマのひみつ

ホッキョクグマの体の毛は、白く見えるけれど、ほんとうは、とうめい。中がストローのように空どうになった毛が、重なりあって生えていて、光をあちこちに反しゃするため、白く見える。雪におおわれた場所でくらすには、これが最高《さいこう》のカモフラージュになる。

毛の下のひふの色は、青みがかった黒で、太陽の熱《ねつ》をきゅうしゅうしやすくなっている。ホッキョクグマは、したの色も、青みがかった黒！

ホッキョクグマは、寒い北極《ほっきょく》のくらしに合った体のつくりをしているので、体があたたまりすぎることもある。そんなときは、雪の上をころげまわって、体をさます。

ホッキョクグマの足はとても大きくて、足のうらはざらざらしている。足のサイズは、三十センチくらいになることもあり、うすい氷の上を歩くときには、この大きな足のおかげで、体重を分散《ぶんさん》させることができる。足のうらのざらざらは、くつのように、すべりどめとして働《はたら》く。

鼻と鼻をくっつけるあいさつは、相手に何かをおねだりするときのしぐさ。たとえば、食べものとか。

ホッキョクグマのすいみん時間は、連続《れんぞく》で、七時間から八時間くらい。そのほかに、昼ねもする。こういうところは、とても人間っぽい。

生まれたばかりの赤ちゃんの体重は、おとなのモルモットと同じくらい。

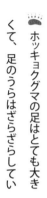

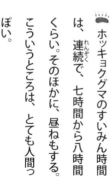